中國古典文學基本叢書

黄庭堅全集

第六册

〔宋〕黄庭堅 著
劉琳 李勇先 王蓉貴 點校

中華書局

第六册目録

宋黄文節公全集·别集卷第十六

書簡

宋黄文節公全集·别集卷第十七

書簡

宋黄文節公全集·別集卷第十八

書簡

宋黃文節公全集·别集卷第十九

書簡

宋黄文節公全集·續集卷第一

刀筆

宋黄文節公全集·續集卷第二

刀筆

宋黄文節公全集·續集卷第三

刀筆

黔州……一七九九

宋黄文節公全集·續集卷第四

刀筆

宋黄文節公全集·續集卷第五

刀筆

宋黄文節公全集·續集卷第六

刀筆

宋黄文節公全集·續集卷第七

宋黄文節公全集·續集卷第八

刀筆

宋黃文節公全集·續集卷第九

刀筆

宋黄文節公全集·續集卷第十

詩

書簡

記

説

宋黄文節公全集·别集卷第十六

書簡

1 與王瀘州書

某再拜啓：春氣暄暖，不審尊候何如？伏惟文經武略，燕及夷夏，樽俎折衝，百福所會。頃蒙寓遞賜書，勤懇千萬，匆匆未果馳狀。巡致使臣到城，復拜教墨，仰荷眷憐之無已。審聞左右動静，良慰懷仰。某棄捐漂没，不當行李，無緣瞻望旌麾，伏祈爲國自重。謹勒手狀，附承起居。謹狀。

2 又

先公潛德之光，雖未顯於中朝，而清湘之民傳世奉祠，此非人力所能致也。託於不肖之文，曾不足以發揮萬一。過蒙稱謝，愧不可言。謹如來諭，改定數字，大書并作碑額。

衰憊，勉爲之，殊不足觀，不知堪入石否，更冀裁酌。

3　又

程三班回，奉狀，當已徹聽下。即旦夏氣煩鬱，不審貴州風土寒燠何如？伏惟投壺雅歌，蠻夏安業，卧閣宴閑，百福所集。某潛伏藜藿之間，亦粗能經理衣食之資。舍弟遠挈小子并渠一子一妾來相與處，亦慰眼前，餘無足道者。匏繫窮山，無階承教，惟有馳情。謹附承動静，謹勒手狀。五月日，責授涪州别駕、黔州安置黄庭堅狀上補之安撫太傅閣下〔一〕。

〔一〕「五月日」以下原無，據《山谷簡尺》卷上補。

4　又

楊三班來，問得左右動静甚詳，承宴處深密，虜在目中，無不安帖，良慰懷仰。聞瀘南山川清秀，頗得寮佐相與登臨宴樂之否？無緣相從一笑，願時覽經方，盡衛生之理，以須陞用。

5 又

奉披手誨，勤懇千萬。伏承樽俎折衝，夷夏安樂。詔命優渥，拜真二千石，未即召還，以慰遠民願借使君之情。伏想制書已下，公私相慶。無緣言面，遠同驩慰耳。即日霜寒，不審尊候何如？願加珍嗇，以須不次之寵。謹勒手狀。

6 又

前蒙附郭殿直所賜書，并得蠻弓弢作卧茵，及餘甘二種，即作書附江安尉李偳道謝，并致雙井去，不審已徹左右否？郭殿直近方到此，問得動静甚悉，以慰懷仰。即日春寒，不審尊候何如？伏惟卧閤宴安，折衝千里之外，夷夏無不得其職，明神扶佑，百福所會。令嗣及解元想數得安問。兩令郎尤淳謹，喜讀書，此亦長年可喜事也。前守曹供備已解官去，新守高羽左藏〔一〕，旦之弟也，老練廉勤，往亦久在場屋，不易得也。雖閑居，與郡中不相關，亦託庇焉。某比苦腳氣時作，頭眩，脛中痛，雖不妨寢飯，亦是老態漸出。因自杜門，不復與人間慶弔相接，林下唯與二三道人共齋粥，似差勝。舍弟兒姪輩不窘衣食，便是了一生，無足貽念。無緣參承，千萬爲國自重。謹勒手狀。正月十二日，庭堅再拜上補之安撫團練閣下〔二〕。

〔一〕高羽：《山谷簡尺》卷上作「高翔」。
〔二〕「正月」以下原無，據《山谷簡尺》補。

7 又

初夏霪雨，寒燠無節，不審貴州氣候何如？伏惟美政在人，夷夏蒙福，六物時序，禾麥茂好，齋閣清凈，起居輕安。張侍禁來，蒙賜書勤懇，并問得張侍禁即日動静曲折，甚慰懷仰。無緣參候，憑書增歎。謹勒手狀。四月日，責授涪州别駕黄庭堅狀上補之安撫團練閣下〔一〕。

〔一〕「四月日」以下原無，據《山谷簡尺》卷上補。

8 又

夏氣暄濁，不審尊候何如？伏想樽俎折衝，蠻夏安業，齋閣豫暇，亦有文史之樂。扈縣時得安問，先輩幾時可到侍旁？季子講學，有日新之功。近巡教張侍禁回，上狀，并漫送施黔茶，當已徹聽下。某春來噉苦筍多，乃苦心痛，殊惡，雖進極温燥藥得無恙，然遂不能多飲茗，亦殊損減人光彩。王子敬所謂都不復得小失和，亦不復得妄近生冷，體氣頓至此，令人絶歎者也。舍弟知命將其雛往視涪尉，未還。不肖既不復出門，飢飽寢處，頗得自遂。無緣瞻奉，臨書增懷。謹奉狀。

9 又

某棄捐漂没，早衰多病，杜門不與人事之日久矣，不能承動静，缺然累月，引領旌旆，何日不勤。郭殿直來，蒙賜教勤懇，感慰無量。黔中霜雪早寒，伏想治所山川氣候不甚相遠，即日不審尊候何如？竊惟投壺雅歌，夷夏妥帖，齋中時有宴會，以謝江山，飲食起居當更勝健。西師在行，折衝之地，方顧人材之不足，度高材密畫，豈能久淹留於此？某已成老農，畦種摩圍之下，粗給衣食。無緣瞻望，臨書增情，伏祈爲國自愛，以須詔用。謹勒手狀。

10 又

别來雖累月，自以罪戾不復可湔祓，所過人視之，唯恐爲渠作祟，故雖平居親愛能忘其不肖者，亦不敢以書通。如長者之庭，則未嘗一歸往也。乃蒙九月十日賜教，存問勤懇，感慰無量。無緣瞻望，臨書馳情，千萬伏祈爲國自重，以須進用。

11 又

不聞嗣音忽踰月，區區唯有懷仰。即日天氣亦小寒，不審尊候何如？伏惟慈惠浹於民，上下愛敬，府中無訟，齋閤但文史歌舞之樂，家庭詩禮，雍雍肅肅，神之聽之，百福所會。某衰疾不損，杜門似有味。萬事隨緣，亦忘衣食之豐約。小兒輩稍知讀書，有兩道人於此同齋粥耳。有鄉人鄒好先者，以鬼谷五命游兩川舊矣，云有緣事至治下，故輒附手狀承動静。十一月初六日，庭堅再拜上補之安撫團練閣下〔一〕。

〔一〕「十一月」以下原無，據《山谷簡尺》卷上補。

12 又

表弟盛推官來，蒙賜教勤懇，敬佩玉音，無有厭斁。審即日百福之會，神明所相，寢食具宜，良慰瞻仰。傳聞進官再任之命已下，伏惟驩慶。不唯夷夏之民安樂中和之政，歌舞於下，小人亦得以聲影相依，實自慰也。小人於此一畝之舍，松竹深茂，得以自藏，死生之故，付之造物，更無他緣，顧無階朝夕承教爲恨耳。瞻望數舍，臨書增情，伏祈爲國自重。謹附承動静。

13 又

奉三月朔教，存問勤懇，忽病臂痛月餘，未能上報。家弟來歸，又奉四月十三日所賜書，荷眷憐之意無已。自顧衰疾，無所堪任，何以承此嘉德？惟高明豈弟，能厚往而不冀其來，軌量固如此耳。雖無前人風鑒之萬一，未嘗不深歎伏也。夏氣濁，即日不審尊候何如？伏祈爲國自珍，以須不次之召。謹狀。

14 又

秋暑方作，旱災焚惔，甚可畏，不審比來寢膳何似？《蘭亭》詩偶寫得，但揮汗臨紙研，殊不能工耳。盛推不幸至於此，其家倚盛德之蔭，如震風凌雨之得廣厦也。然調護之功未畢，迫公治行，不識諸幼皆得理所否？人生危脆如此，以此觀，不安分而多岐治生，求與造物者争功，豈不大惑邪！施黔作研膏茶，亦可飲，謾往數種，幸一碾試，垂諭如何？江安尉李偳觸事機警，若以道御之，可令辦事，伏望照察〔一〕。

〔一〕「施黔」以下數句，《山谷簡尺》卷上另作一篇，末有「庭堅再拜」四字。

15 又

家園新芽似勝常年，輒往四種，皆可飲，但不知有佳石磑否？石磑須洗，令無他茶氣，風日極乾之。牙子以疏布净挼，去白毛乃入磑，少下而急轉，如旋風落雪，方得所。大率建溪令湯熟，雙井宜嫩也。

16 又

秋暑，即日不審尊候何如？伏惟以義自將，夷險一致，飲食起居，有神相之。承忽被旨罷瀘州，所處僻左，未知其詳審爾。計即東去，此在庸庸之情，戚嗟若不可終日。頃竊觀氣質仁厚，神宇深静，事君之大節，可與冰雪争明，北叟之所以觀倚。伏惟明公胸中落落，故不復爲憂之耳。惟是無階參侍，不勝馳情，謹承動静。謹狀。

17 又

承欲漸解舟至王市治行，盛暑，良不易。聞撫勾廳亦可少駐使節，若俟治舟略有倫序，放船就江津以待江水，似佳。聞老兄槖中亦不豐，然隨緣以爲日用，豈有闕耶？子姪皆賢，想處之裕如也。聞命之初，賢愚無不動心，以爲老兄何以處之？獨不肖以爲不然。夫物之成壞相尋，如歲之寒暑。有人喜寒而惡暑，世必以爲狂疾；人至於樂成而憂壞，則謂之有智，可不可乎？老兄鑒此必有餘，不能忘情，故及之耳。

18 與党伯舟帖

辱手筆，承侍奉吉慶爲慰，棗極副所闕。蘆雁箋板既就，殊勝，須尋得一水精或玉槌，乃易成文耳。竹卓子荷垂意。繼得二簡，荷不外之意。墨亦多爲人索去。此二墨極堅黑，墨惟換新水，磨得墨多，宿水則墨不磷也。枕屏漫寫去，陰寒少思不能佳。

19 又

辱手誨，喜承侍奉萬福，臘糟荷垂意。千秋木，佳物也，當寄融州作琴軫，并可得數軸頭也。公書字自有宿習，要須勤觀魏晉人書帖，日臨寫數紙，便當頓進，與古人争功耳。聞令弟亦自有筆力，頗喜學否？

20 又

錫鐙檠極便用，荷垂意也。背文字每煩調護，餘尚有三二十册，若臘中趁得了當，亦一佳事耳。欲擣二十册子紙，不知郡中有大擣帛石否？鐙檠雖荷副所乏，夜來試用觀書，殊不愜老眼，此乃照歌舞之器耳。欲煩指揮別作一枚，高七寸，盤闊六寸，足作三雁足，不須高。受盞圈徑二寸半，盞面三寸，着柄，盞傍作小圈，如釵股屈之。雁足鐙，漢宣帝上林中鐙，制度極佳，至今士大夫家有之。古者鐙盞皆有短柄，沈約四聲云「鐙盞柄曲」是也。作成，當自優與價，卻納前一枚去。

21 又〔一〕

甲子雷雨，深慰民望，乃尊公清静憂民之應，欽歎欽歎！暑氣未解，計復大作雨，當了此下種插秧事爾。

〔一〕《續集》卷九《與人》（一）與此篇重複，已删。

22 又

辱手誨，喜承侍奉吉慶。錫合如法，已付融州人行矣。《備急方》俵背甚有功，遂得一夏觀覽，非小補也。比頗得暇觀法帖否？唐林夫作一臨書卓子，中有抽替，卓面兩行許地，抽替中置鐙，臨寫摹勒，不失秋毫，知此制度否？公書字已佳，但疑是單鉤，肘臂著紙，故尚有拘局不放浪意態耳。但熟視法帖中王獻之書，常自得之。賤板但喜其簡裁，未必工也。大概書字，楷法欲如快馬斫陣，草法欲左規右矩，此古人妙處也。

23 又

借示琴，甚患桐木太厚，聲不清遠，頭長尾太高，非佳製也。大琴而聲不出尾，可謂拙工矣。欲合李惇裕木香丸，令人桂州買木香，未來，或有，且借一兩。

24 又

有人餽此二種筆，差勝，各分上兩枝。須滌研磨墨，待松花自泛，乃以染毫，則得筆力耳。

25 又

承惠新頌三篇，極歎用心精苦也。然詩頌要得出塵拔俗，有遠韻而語平易，不知曾留意尋此等師匠楷模否？

26 與馬中玉書

私居多故，又伯氏方自都下來歸，故匆匆不能作記。承動静，閏餘溽暑，即日尊候何如？伏惟齋閣燕居，八州無不得職，明神相之，百福所會。頗復與諸公共登臨之樂否？某蒙恩假守宣城，實出奬借之賜，方圖一走節下，謹勒手狀。庭堅再拜上忠玉運使通直老兄閣下〔一〕。

〔一〕「庭堅」以下原無，據《山谷簡尺》卷上補。

27 又

府中潭潭，不異逆旅，風雨驟冷，擁被不温，乃能降伏心魔，服枕晏然，欽歎欽歎！舟次大風簸船，凡動物皆謳吟達旦，時時驚眠，亦有斷維折柁之憂。今旦既不可出，擁鑪假寐，亦自不惡。翹叟亦擇日出居，乃是荆南人毛病。明日陰雨，往往復還家作客矣。亦聞澧州已食筍，方作書，從小襢求之。饋犂祁，感刻感刻！器之到，當入城參候也。忠玉十三兄金部閣下。

東坡此一詩曾見不？漫抄去醒睡。若睡不醒，但看《醉道士》也〔一〕。

〔二〕「忠玉」以下至文末原無，據《山谷簡尺》卷上補。

28 又

有江州王寅者，清静寡欲，忠信好義，犯而不校。久與之游，見其學行日進，不聞其有過也。昨登第，以兩房孤遺待其禄而食，故授齊州司理，今爲見闕，以江州無船，輒欲乞一舟於節下。以不肖於左右有一日之雅，遣人來借一言，已報之云：「馬公特達好賢，如足下之清修重慎，見而可知，足下但自往求之。」不審嘗至門下否？

29 又

某缺然久不作記，每見祠部文，知動静，以爲慰。遠蒙手教，存問勤懇，并惠寄《紀年通譜》，極荷眷與不忘。承二浙人饑，得使者勞來不怠，疲瘵當少蘇。今頗得雨澤，種餉及時否？餘杭佳太守，想得極意湖山之間，時有佳句否？某自頃以親老多少不快，於今未能輟醫藥。又足弱脅痛，艱於下榻，强顔班行中，公私事多曠，但未得奔容江湖之上，不忘鑒寐也。臨書，起望東南，曷勝馳情。千萬爲國自重，須褒寵以慰親庭。謹奉狀。

30 與子中知縣書

哀疚之餘，荒廢文字，故承命久不就，屢煩問訊，愧悚愧悚！今率爾爲此，不知堪入石否？公富於春秋，好學不倦，想不厭聞切磋之言。顧所聞淺陋，不足發揮盛美耳。或可入石，但得十數本墨本惠示足矣。

31 又

《瑞芝亭碑》出於牽强，不成文，過承推獎，但增愧耳。顧字大難爲石，若用一石四圍刻之，如顔魯公《東方朔畫贊》之類，亦佳。蓋數十年來，碑刻大概有俗氣，稍令近古爲望。

32 又

專人辱賜書勤懇，感慰無量。春氣寒燠未節，不審體力何如？伏想平易之政近民，鰥寡得職，縣齋閑虚，頗以講學之功，作興田里之秀，使畎畝之間知有孝友忠信，以效瑞草之實乎！某待盡墓次，生理無幾，頗亦疲於賓客勞問。作記承動静，不能萬一，不次。

33 與運使中舍書

比因急足還，上狀，當已通徹几下。專介至，伏奉手誨勤懇，審外臺澄清，會府肅静，尊候萬福，良慰懷仰。某比苦頭眩，不美飲食，尚留田里，數日間當謀趨拜節下。謹奉狀，不能萬一。

34 又

某十三日授敕管勾亳州明道宫，并得堂劄已除范祖禹提舉明道宫，奉聖旨各於開封界居住，報應國史院取會文字。亦能識時解意旨〔一〕，且泛舟邐迤向淮南耳。二舟告指揮，速改文字給付，數日間别上狀。

〔一〕識：原作「釋」，據《山谷年譜》卷二六改。

35 又

去月發南康日，託正輔上狀，當已徹几下。天氣小冷，不審比來尊候何如？總領諸司事務，雖勤調護，惟從事於道者能不倦爾。令嗣數得音問，子舍進學有日新之功。正輔攜去《新漁父篇》，嘗經匠者一按之否？方遠瞻承，臨書懷仰，謹勒手狀。

36 又

自頃欲去雙井，謂數日可參對，故因不爲書。既至海昏，平生所聞雲居山川勝絶，而未嘗到，遂勇爲一往，輒留半月餘。山中孤寂，非復人間，以是闕於修敬。伏蒙賜書，存問曲折，感慰無量。失宣城，得武昌，消息盈虚，誠如尊諭。三二日即伏賓次，謹勒手狀。

37 又

令嗣比數相見，清重修潔，甚可愛也。釣絲竹笥，大爲珍惠，瓜匏瑣瑣，尤覺此物於匕筯間有精采也。惟清道人在雲居養道深粹，不問親疏，恨公未識之耳。

38 與平仲少府書

自平仲南還，恨在城中之日淺，又不肖以客事未得休息，未得從容求益論也。先蒙惠書，勤懇千萬，甚慰懷仰之情。借示仲車先生簡尺，重仁疊義，可想見其風流也。適有賓客集菴中，來人督書，修問極草草。暄暖，千萬爲道自重。二月晦日，庭堅再拜上平仲少府名儒〔一〕。

〔一〕「二月」以下原無，據《山谷簡尺》卷下補。

39 又

暄暖，不審何如？太夫人安此風土，尊候輕健否？饋酒，何煩如此？公自奉甘旨無餘，承乏殊悚仄也。仲車先生草草簡尺皆有教戒，此所謂有德必有言也。

40 又

庭堅奉手記〔一〕，審仲車先生棄士大夫，不起於山陽。窮居失所，又不幸至此，直使人哀痛也。然仲車好德樂義，不屈其身，以至耋老，好學不倦，以至於盡，在先生無憾矣。公父子相知，深念哀其身後，計士大夫亦須有動心者焉。某自八月大病，幾至委頓。比三四日方食，而知飢知味，未能復常也。留來使三日，候書，倦甚不能成，煎迫求去，扶病就此。天下事，權之以義重輕，有所屈，有所伸。足下强飲强食，爲太夫人自壽而已。十日，庭堅再拜主簿職事〔二〕。

〔一〕「庭堅」句原無，據《山谷簡尺》卷下補。

〔三〕「十日」以下原無，據《山谷簡尺》補。

41 又

辱書，常以公銜將之。閒居，每從公家借書吏，重煩，遂不能作牋上答，不能無悚惕也。荷存問勤懇，教告重複，知公非苟然者，感刻感刻！惠示新文，亦知效官窮僻，憔悴於百寮之下。而養直剛大，自伸於萬夫之上，古人所謂丹徒布衣者，慷慨未可量也，欽歎欽歎！未有會集之期，何勝引領，千萬爲道自重。二月初吉，庭堅再拜上主簿二十君執事〔一〕。

〔一〕「二月」以下原無，據《山谷簡尺》卷下補。

42 又

《喻謗》之篇，論勢利二客由徑而入，排斥義命二友，其意甚美，然制作之體似未盡善也。某嘗論古人戲作之文，唯揚子雲《解嘲》、韓退之《進學解》乃爲盡善，如孟堅《賓戲》、崔駰《達旨》，已費辭而理不足，不審以爲如何？〔一〕

〔一〕原注：「右皆家傳。」

43 與徐尉思齊書

到城雖得一參候，而屢屈軒蓋，常恨客衆，不得從容相語。奉別忽七八日，見所與伯氏書，審比來日用輕安，良慰懷想。遣杖漫煩求之，乃承垂意搜索必獲，又以公移將之，禮數過當，悚惕悚惕！短頌戲奉一笑，可與仰山、崇勝觀之。澀雨不晴，意思昏鈍，奉狀草率。四月初七日。〔一〕

〔一〕原注：「紫竹柱杖頌見第三卷。」

44 與明叔少府書

待罪窮壑，與魑魅爲鄰。平生學問，亦以老病昏塞，既無書史可備檢尋，又無朋友相與琢磨，直一談一笑，流俗相看耳。忽蒙賜書，存問勤懇。且承安貧樂義，不溷鄉黨，賣屋以爲道塗之資，載書以爲到官之業，想見風采，定慰人心。國有君子，何陋之有？不肖早衰，五十而無聞，使得終壽，日月餘幾，得好學之士相從，尚或有所發明。望風欽歎，無以爲喻，謹奉狀，道願見之意。心之精微，非筆墨所及，伏惟照察。

45 又

某頓首。比承來官此邦，交印有日，竊喜草木臭味不遠，遂得以文字相娱，而不知先大夫與亡叔給事又有同年之契，伏奉誨音，實深悲慰。流落窮山，惟欲屏伏，所謂面目可憎，語言無味者，乃得以君子爲依，可以忘羈旅矣。守倅皆京洛人，好事尚文，不易得也。道中若得暇，各作一書，到日投之亦佳。但論孤官寡助，得高明慈惠之師長以爲依歸，可以盡心於職事，竊其餘光温尋舊學之意。其文章波瀾，翻頭作尾，自繫之大筆矣。或不暇及，且杼軸之，到後數日亦可。此邦氣味適可用此藥耳，恐左右或未諳也。

46 又

累日隔面，惟有懷想。伏奉手誨，審起居輕安爲慰。承上司擇才，付以文柄，甚善。矧公胸中坦夷，臨事不苟，又去科場未久，當此任甚宜。試院所欲知者，一曰公，二曰密，三曰敬，四曰通。公則請託不行，密則訟源塞，敬則士心服，通則盡人所長。某頃凡七作試官，凡考試中怪事未嘗有也。醫不三世，不服其藥，老者之智，壯者之決也，故謾及之。以嫌不欲往見，千萬珍厚。行李或有所闕，示諭。范公及知命皆致問千萬〔一〕。蒙齒記，甚惠。無緣參詣，願已事早還，重陽後日日望挐音矣。

〔二〕范公：據後「辱手筆」篇當是「範公」，即僧師範。

47 又

某再拜。窮山寂寞，方得君子相依，甚慰，恨相見未款耳。伏辱手誨，喜承經宿體力輕安。寵惠先大夫《瀘川集》，幸甚幸甚！竊思江安公以鸞凰之羽，辱在泥塗，懷文而抱質，不幸早世，可爲霣涕，自非身後有人綜緝遺文，幾不失墜。伏讀數篇，實以聳歎，未遑尋繹翰墨之餘味也，謹當奉以巾几，勝日一開，以辭思遺老。敬具手啓，上謝萬一，不陳。昨日亦見太守，説《四并堂》詩，然瀘州不見寄也，事出謝康樂《擬魏太子鄴中集序》，今檢呈。韋蘇州詩，若不看，且檢示。

48 又

「二難」，前輩以爲亦只用《擬魏太子詩序》中云：「楚襄王時有宋玉、唐、景，梁孝王時有鄒、枚、嚴、馬，游者美矣，而其主不文。漢武帝徐樂諸才，備應對之能，而雄猜多忌，豈獲晤言之對？」并得此二難，遭之時耳。某疑滕王閣會集主人有兄弟，俱是顯人耳。

《四并堂》詩豈有難作之理〔一〕？王勃《秋日宴滕王閣詩序》亦云：「四美具，二難并。」曾見此文否？

〔一〕「之理」下原注「缺二字」，按上下文意，實不缺。

49 又

昨晚自江瀕歸，見一病人卧王道亭籬外石上，恐其即凍死，令人扶持到寺門，與粥藥。問得乃是雙井旁小户，自荆南受雇，爲南雄州客鄧四郎、馬二郎擔重擔子來至此。見渠病，遂抑令押辭退狀棄下。馬、鄧二客見在北門外大店安下，還可指揮弓手問此二人，責令收養此病夫否？或不欲自行，即欲縣中投一勾幹人狀，并乞責人取口詞耳。

50 又

經宿，伏想寢膳安宜。試更追韻作二頌，此亦曩時得之聖俞、東坡之斧斤耳。欲知文章奪其關鍵而自爲主出，其無窮如此也。縣中訟田者已得情否？得間幸獲過此閑談，歲月亦可惜，忽然解官去矣。欲約數人來了卻竹籬，得一位直差了事者來此，亦令一二人同領護之，與飯與酒，令一日畢工耳。籬竹少十數檐，試爲令江頭旋買，可得否？今日晴暖，令人請東玉來會棋，可得眼皮開也。

51 又

師敏通於吏道，與同邑，殊可樂。人情未必一一合契，要之異而同，同而異，歸於不爲吏所賣，而實惠及民者，於其中不必快快也。守倅清重，事雖少稽緩，比他日不猶愈乎？鼎臣極可愛，凡事不雕琢，而畏法勤官，可數與游也。子畏雖似有城府，亦審慎可喜。勿作耿耿男子，酒後失言，何所不至？一洗滌之，使胸中蕩然，與一切人無芥蔕，此學問之意也。未有合并之期，千萬珍重。

52 又

辱手筆，審安勝爲慰。屬聞冒風冷，小不佳，喜遂平安。所録拙詩是也，但訛數字，今録一本去。桐帽本蜀人作，以桐木作而漆之，如今之帽，三十年前猶見之。椶鞵本出蜀中，今南叢林皆作，蓋野夫黄冠之意。《食筍》詩已是元豐間作，若見子瞻詩，猶可用其韻，省憶耳。早間無事，可來此，遂同範公所齋粥也。令姪想勤學勝裕，時攜所讀過此，乃佳士，知自守而勤書者難得，然須聞古人言行旨趣，乃不虚用功耳。須不隨棋合來乃可也。昨來過石馳橋，見鋪橋面極不如法，直木皆藏旁近人家，而用舊橋面朽木鋪襯，一有土則無從點檢，經大雨又當壞。公及東玉可那工夫親臨之，不躬不親，衆民不信，不其然乎？

53 又

比承動静，行李涉險，來歸閒居，亦匆匆，未能遣記。辱手誨，審衝冒，小失調護，伏想休息得所，已輕安矣。適有少急事，衮衮至夜，不果奉答。鄙文編已領略，一篇不踳駮，還多二十年前文字也。前所借編，今送吉。聞公在吉，以避武隆檢覆，意不必爾，仕宦勞逸常相半，如狙公七芧，但朝莫辨耳。人生與憂患俱生，仕宦則與勞苦同處。事固多藏於隱伏，實無可避，願深思之。食其禄而避事，則災怪生矣。

54 又

早辱教答，知君子用心，所向不謬。適得手誨，承已參告，受檄即行，慰喜無量。所謂見善如不及，見不善如探湯，吾聞其語，又見其人也。水次晨暮極冷，千萬珍重。芎丸謾納。

55 又

累日不奉緒言，惟有懷仰。辱手誨，承體力輕安。惠佳菓，感刻感刻！所問《循吏傳》「治行」，言其治迹耳，召信臣治行常爲天下第一是也〔一〕。序言河南守吴公、蜀守文翁，皆謹身率先，居以廉平。又言孝宣時拜刺史、宰相，皆引問。觀其所由，退而考察其所行，以質其言，此亦「治行」之意也。

〔一〕常：原作「當」，據《漢書·循吏傳》改。

56 又

累辱手誨，并送山蘋，極荷勤懇。不肖自視缺然，每承君子有相濟用之意，顧亦何所堪？惟忠厚不懈，欲以風示流俗，則可爾。既辱相傾蓋，則俗禮紛紛走人門者，何足道哉！幸可無疑也。舍弟又辱彘肩之賜，何必爾邪？以宿昔眼痛作，不能書，未果作謝啓，願才察。

57 又

本紙用此八幅，寫和晁、張八篇，昨日已書小卷中，今輒作王維摩詰八詩。蓋蜀中士大夫罕誦此作，故書往，貴人稍尋討耳。承今日遂成行，早起太守來約同飯，遂得安詔款語矣。聞昨頗以公厨不餽，煩料理，尋已豁然。柳下惠與鄉人處，袒裼裸裎而不辱，蓋其胸中視一世人特鳴吠耳，又何足與之論輕重厚薄邪！仰觀青天行白雲，萬事不置。非公高明，語不及此。

58　又

比來伏想氣體殊佳，别時具道治心養氣，外物不能入於靈府，當已見功。如小人觸忤，上則送州，下則送縣，勿親行罰，似爲於義於法皆中節耳。清河君，始聞有長者能爲容悦而行諜其間，使上官不睦，則以濟其貪鄙，幸熟察之，㚜道老成好學之士也。韓掾雖少年邁氣，然自修其職事，雖嚴無害。廖鐸、蔡相時召置坐末，亦可喜。

59　又

篆文平時惟書大如手者乃得意，既作此大字，不甚工。又「講義堂」字太醇拙，他日得暇，當别寫此三字奉寄。「雅」字，古之「大疋」、「小疋」如此書〔一〕。「𩫏」字乃城𩫏也。郭公本出於虢，乃從作郭耳。

〔二〕大疋小疋：原作「大正小正」，據嘉靖本改。「疋」即古「雅」字。

60 與黄斌老書

某皇恐再拜〔一〕。涉夏草木深，山川風露，瘴癘所潛伏，伏惟使節衝冒，良亦勞勤。即日不審營從所止，尊候何如？下車伊邇，仁厚之風先被於夷夏，願篤行李，以慰喁喁。謹附承動静，區區萬一，不陳。

〔一〕此句原無，據嘉靖本補。

61 又

窮巷杜門，乃辱軒旆臨之，獲聞高明卓絶之論，一洗耳目之塵，開慰孤陋，無以爲喻。雨餘朝涼，不審尊候何如？伏惟游刃所經，民受其賜，足以銷伏災沴之氣，明神鑒之，百祥所集。衰疾，無階進謁將命，謹勒手狀。謝萬一，皇恐皇恐〔一〕。

〔一〕「謝萬一皇恐皇恐」七字原無，據嘉靖本補。

62 又

窮巷杜門，非長者之所宜辱，乃蒙屈臨，開慰孤陋，敬佩嘉德，無以爲喻。某獲聞餘論，實慰從來高山仰止之心，又以自得。旦來不審尊候何如？伏惟游刃有餘，不至勞勩。幅巾直裰，不可以上謁賓次。謹勒手狀謝不敏。伏惟照察。謹狀〔一〕。

〔一〕「伏惟照察謹狀」六字原無，據嘉靖本補。

63　又

比承考績進官，官吏受仁明之賜者皆欣欣。不肖蓋不敢以田冠野服謁賀門下，乃蒙降屈修禮於蓬蓽，小人實自不皇，於令恐悚。旦來不審尊候何如？伏惟神明相助，日用輕安。所須二方并芎藭丸納上，理中丸卻乞三數粒。謹勒手狀。

64　又

前日過蒙旌麾屈顧，敬佩嘉德。雨寒，不審起居何如？春蔬似可侑酒，謾往五種。食芹炙背，野人之意則勤，但恐三虀七葅，君子之腹屬厭矣。

65　又

天高不雨，神龍深潛於蘇波，似以爲郡中無求於我也。暑氣煩甚，不審起居何如？園中下筤苦筍，欲求三十許枝。喧瀆，恐悚恐悚！

66 又

昨日過蒙延禮，甚愧勤主人。其奉勝談，觀奇畫，亦忘終日煩倦也。日來不審起居何如？張園小石刻，今日方畢工，謾往一本。筆數種，各獻兩枝，恐有堪作竹者耳。如昨所用張生舊筆，幸惠示，欲作十數書，新筆多即不如人意故也。蘇波谿取水，得斌老自作一文，道憂歲憂民之意，或可感通耳。

67 又

蚤來蒙手答勤重，感刻感刻！伏奉簡畢，喜承今日寢膳寧嘉。惠示祭蘇波文字，詞旨惻怛，蓋足以感幽潛，欽歎欽歎！所諭作郡守名銜，義當如此。篇末欲更數字，具別紙，不審可否？塞紅門事，雖不得其曲折，恐如罷探報百餘員，及放散珍禽異獸之類，但一事皆德政也。〔一〕

〔一〕原注：「右皆得之其家。」

68 與南康史君察院書

某罪逆餘生，苟活未死，日月川流，既見素冠，追慕不逮，哀痛無已。頃者使車方承詔而西，蒙疏累紙存問慰卹，恩意甚厚，實深哀感。方以竭力大事，又治給事叔父窀穸，故不能即寓疏罪負，無可言者。比聞使節當來惠江西，尚冀得一參展。謹勒手狀。

69 又

頃者君在言路，竊念忠言嘉謨，日補衮職，以雨露四方，何去國亟邪？南康下車，即聞田里皆受賜。少淹留使節，以庇江西桑梓之邦，實依裔雲之蔭，顧恐即還朝耳。近見李子修大夫已請宫觀，若遂請，瞻對有期也。

宋黄文節公全集·別集卷第十七

書簡

1 與王子飛兄弟書

某頓首。相與既同草木臭味，又有瓜葛，故不復作牋。老來枝葉皮膚枯朽剥落，惟有心如鐵石，益厭末俗文密而意疏。他日惠書，願悉去表襮，但作家書數行，幸甚。舍弟極道辱公家眷衈不倦之意。嘉州文字若干，計乘舟不日過此，冀得少款清論。臂痛方小愈，不能多書，能照察否？

2 又

子予：即日想侍奉多慶。郡齋虚閑，當能屏去煩濁之緣，求書史清浄之樂也。姚君所攜紙卷，已下筆，未了，不久同《蘭亭》詩及子飛紙軸附密上座行矣。密上座自富義回已三日，更三四日，決定東流矣。見子茂，爲致意，千萬。藏府豈可使久如此，不可以常理待之。比得一法：用滎州珠子黄四兩，辰砂一兩，研如麪，乾炊餅末五兩，滴井花水爲丸，如桐子大。每服三十丸，稍加至五十，大病盡一劑。唯忌生肉血物及生菜，勿食極熱物，極熱物能驅逐藥力，隨大府出，則十不得四五力耳。通手瓶漫因便船附四隻。有佳醋羨餘，可附船爲惠，旋得一兩器可爾。

3 又

伏奉手誨，喜承侍奉吉慶。惠醋極副所須，感刻感刻！鮮自源本不敢重煩左右，乃亦辱哀王孫之意，愧悚愧悚！聞比來得將護，氣體遂完壯，不廢觀書，何慰如之！承换差遣不得，不能無耿耿。陰陽家謂克己者爲官，既已從仕，則受制於官，不得悉如意也。然人生而游斯世，逆順之境常相半，强壯時少歷阻艱，亦一佳事耳。無緣瞻望，唯冀爲親自重，慰此懷想。

4 又

善人宜極眉壽，況於名教尤所勸勉，士大夫知與不知，誰不嗟惜！伏想子飛兄弟天地之性甚篤，當此屠割之苦，何可堪任？日月如積，追慕則新，奈何奈何！某屬以病目，多日意緒無聊，欲勉作小文，以侑奠酌，久之牽强乃成，是以往獨後衆人。惟其忠實之情，則在衆人之前，仰恃哀察。居喪以哀爲主，而濟之以忠厚，則無悔。摧毁太甚，亦不可以獨爲君子，千萬以禮制情。

5 又

前孫君回，承惠書勤懇，衰疾無堪，何以辱此禮意？送叔敬人忽去，不來取答，因循至今，未嘗忘懷也。姚君來，聞侍奉萬福，子飛遂輕安，諸伯仲日同文字之樂，何慰如之！前所須，三四日間送姚君人回，别遣書。且寄亂寫數紙，數日來臂痛，似欲不能堪，不能復作楷。奉書極草草，想相處之宜，不在能爲苛察小謹也。春和日永，惟希勤書，以悦親心。〔一〕

〔一〕原注：「右皆得之其家。」

6 與甥王霖書

禍變無常，賢叔安撫使君奄棄盛時，聞問驚怛，不能處情。伏惟少孤流落，來依猶父之德，當此大變，哀痛何勝？奈何奈何！惟表姊太君，雖嫂叔之别，禮所遠嫌，而賢叔孝友之義，兼倍常人，想哀戚亦不可言。日月不居，逝者益遠，永懷敦睦，何時可忘。千萬以前人之意，照顧子飛兄弟衣衾饘粥。

7 答石信道書

忽承賜教，累紙勤懇，審邑庭虛閑，時與僚佐共尊酒之樂，何慰如之！惠蝦脩，甚珍，小獠無不垂涎也。屢蒙一元大武之享〔一〕，而蘄萁翰音之獻不登長者之堂，良以爲愧。頃聞江次大風頗爲災，幸而比雨足，象成豐矣，吾輩可以摩莏經笥飽湯餅也。代者今在何所？稍涼到城中亦佳耳。所諭嬾書，前言戲耳。人生勤懶，各隨積習而成性，嬾亦好，勤亦好，此司馬德操法也。尚阻瞻對，惟日爲歲，伏冀善眠食自重。〔二〕

〔一〕享：原作「亨」，據四庫本改。

〔二〕原注：「右皆家傳。」

8 與郭英發帖

薦辱惠詩，句益清壯，竊深歎仰，使老者增愧耳。陰曀，秋色未佳，思一步到北禪，可同幽徑閒談，但恐雨作耳。或得往，當道次奉招也。

9 又

昨日辱手畢，留來使取答，會彭守報過，遂不得遺。經宿，伏想日用輕安。所作樂府，詞藻殊勝。但此物須兼緣情綺靡，體物瀏亮，乃能感動人耳。輒擬作三篇〔一〕，不知可用否？又奉爲寫得文字兩軸，須行日作送路也。庭堅頓首英發同年家〔二〕。

〔一〕三篇：《山谷簡尺》卷上作「一篇往」。

〔二〕「庭堅」句原無，據《山谷簡尺》補。

10 又

《筇竹贊》《頌》，文陋筆弱，皆不足傳，乃煩刊石，但增愧耳。東坡公《聽琵琶》一曲奇甚，試用澄心紙寫去，因詩句豪壯，頗增筆勢。或有嘉石，試刊之齋中，亦一奇事也。

11 答蘇大通書

辱書，勤懇千萬。觀所自道從學就仕，而知病之所在。竊窺公學問之意甚美，顧既在官，則難得師友，又少讀書之光陰，然人生竟何時得自在飽閑散邪？「三人行，必得我師」，此居一州一縣求師法也，讀書光陰亦可取諸按乘間耳。凡讀書法，要以經術爲主。經術深邃，則觀史易知人之賢不肖，遇事得失易以明矣。又讀書先務精而不務博，有餘力乃能縱横爾。公家二父學術跨天下，公當得之多，輒復貢此，此運水以遺河伯者邪？蓋竊觀公所論極入理，人才難得，故相望後彫於霜雪之後耳。臨行匆匆，奉書極不如禮，千萬珍重。〔一〕

〔一〕原注：「右皆家傳。」

12 與敦禮祕校帖

昨日幸一參候，古器與山川之怪産參然滿前，可以清暑，此物輩殊勝用心於博弈也。然要須以强學力行守之，所謂德之休明，雖小，重也。不審今治何經？讀何種史書？參其義味，有日新之功否？惠貺珍器，敬佩嘉德。竹表瓷裹茶盂極佳，恨未有天生佳瓢稱之耳。米元章書，率爾題卷末。令親齋郎安勝，貌古氣深穩，似有學古之質，甚可喜也。

13 又

辱手畢，喜承日用輕安。示論讀書，甚喜。然須深探其義味，使不爲誦古人之空文，乃有益也。班固《漢書》最好讀，然須依卷帙先後，字字讀過，久之，使一代事參錯在胸中，便爲不負班固耳。周子發書，亂寫置卷尾，不成字也。天氣熱，揮汗不及，諸畫及止「止軒字」，未暇寫去。承佳篇須蜀紙，今送三百，此乃自令浣花王家作者。生瓢承見惠，亦好，但恨折時太嫩。相茶瓢與相筇竹同法，不欲肥而欲瘦，但須飽霜露耳〔一〕。

〔一〕此下原尚有：「元長、元(慶)〔度〕書亦是一時之傑，但鄙(惟)〔性〕不甚悦之。若有所譏評，則二公方(朱)〔失〕勢，不若不評之，兩得也。」按此一段文字嘉靖本及《山谷簡尺》皆無，而見于《山谷簡尺》卷下所載與檀敦禮另一簡中（見本書《補遺》卷四《答敦禮祕校簡》之七），當是誤闌入于此，且又有訛字。今删。

14 又

筇竹，戎州用煎茶〔一〕。然久之節斷如截，以此絶不攜來。人年四十後，漸可扶杖，足下少年也，親在堂而欲扶杖，恐非禮。意欲尋一龜殼佳者，截取近尾二寸餘，治浄，其近髮處開横竅爲簪道，似佳。能爲尋一龜同佳者爲之乎？

〔一〕用：原作「因」，據嘉靖本改。

15 又

辱手畢，喜承朝來起居不爽調護。寵惠筆墨及紙，皆珍品，感刻感刻！竊觀才器英特，可以盡心於古人遠大之業。閉門讀書，求心求己，漬潤以古人義味，深沈重厚，謝去少年戲弄之習，以副父兄之願，豈不美哉！屢承羞餽，未有佳物奉答，輒以藥石之言爲報，伏幸裁察。

16 又

比承軒蓋絶不出，甚善甚善！閑齋清浄，古器羅列左右，思古人不得見，誦其書，深求其義味，則油然仁義之氣生於胸中，虚淡而其樂長，豈與頻頻之黨喧鬨作無義語之樂可同日哉！惠示砧研，物材頗精，似亦不甚便用。蓋磨墨之地不廣，則難得墨瀋，多置水則溢四旁，非良器也。少留此，銘其臀，乃遣迴。某有大烏石研，制作甚適用，或要觀，可遣四人并小扛牀來取之。

17 答晦夫衡州使君書

頃蒙賜書，并寄惠食器，巫山君尋即致來〔一〕，極濟所乏。又辱寓遞所賜書，有問勤懇，策以所不至，仰佩恩親之至，不能已已。某潛伏林間，疏遠人事，惟蓬蒿之不密，是以缺然久不通書。想晦夫和易多可，又相愛，必能相寬耳。雖聞已拜衡州之命，不知闕在幾時？得孔毅父書問否？即日里中宴居，何以爲樂？頗能留意子弟學問否？子童已赴任未〔二〕？登高臨遠，未嘗不懷笑語。千萬珍重，以須進擢。謹勒手狀。三月十三日，庭堅再拜晦夫衡州使君大夫親友〔三〕。

〔一〕來：《山谷簡尺》卷下作「米」。

〔二〕子童：《山谷簡尺》作「子重」。

〔三〕「三月」以下原無，據《山谷簡尺》補。

18　又

望之去後，想令弟必將沂國入城〔一〕。其人亦肯調伏成家否？諸子弟有從學之所否？人生須輟生事之半，養一佳士教子弟，爲十年之計，乃有可望。求得佳士，既資其衣食温飽，又當尊敬之，久而不倦，乃可以盡君子之心而享其功。每見士大夫家養門客，略與僕使同耳，如此，何緣得佳士？藝麻必不能爲粟也。向見令嗣眉目明秀，但患未得師友耳。厲之人夜半而生子，求火甚急，唯恐其似己也，況長者乎？無緣會面，聊寄一笑。

〔一〕沂國：《山谷簡尺》卷下作「汧國」。

19 與滎州薛使君書〔一〕

某頓首再拜，滎州使君承議閣下：某既發戎州，舟次得所惠教，恩意千萬，感服無以爲喻。即日寒澀，不審尊候何如？伏惟豈弟之政近民，民以悦服，庭無留事，齋中嘗有尊俎之樂，寢食之味，神所相勞。無階參敬，惟有懷仰。伏祈爲國爲民自珍玉體。謹勒手狀。

〔一〕使君：原作「史君」，據四庫本改。以下同。

20 又

承長者以才術之美，嘗入叔父給事心鏡，恨未相識也，叔父忠義孝友，在今士大夫間，千人之一也。方得立獻納之地，不幸蚤世。因垂諭，不勝霣涕。

21 又

貴州士人，惟周彦衣冠之領袖也。其人深中篤厚，雖中州不易得也。其兄莊叔，老於世事，亦不可得。紫衣僧祖元亦周彦之族兄，抱琴種竹，有瀟灑之趣，以星曆推休咎，常得十之七八，試問之，可知也。

22 與王周彦書

某久爲病苦，養成疏簡，經歲静坐，性復神存，爲日已深，自有見處。回觀昔日舉動皆非，更視人間，誠爲可笑。凡人性各有妙用也，一得其妙，則通深遠到，無所不明，前世君子所恃以爲樂也。且天地萬物之美，人之所恃爲尊榮富樂者，皆可空也，不足有。而人之妄勝也，妄滅則真存，存而後知其不足有也。經所載，皆有聖人修行之説，而世所不察，專以富貴爲樂，則人亦止此而已矣。非周彦亦不語此公案，幸心會而默識之，復見某之言爲贅也。

23 又

辱手書勤懇，并寄詩文，意氣駸駸翼翼，出門已無萬里。古人所謂「斷以不疑，鬼神避之」，如公筆力，他日孰能當之？往在元祐初，始與秦少游、張文潛論詩，二公初不謂然。久之，東坡先生以爲一代之詩，當推魯直，而二公遂舍其舊而圖新。方其改轅易轍，如枯絃敝軫，雖成聲，而疏闊跌宕，不滿人耳；少焉，遂能使師曠忘味，鍾期改容也。如足下之作，深之以經術之義味，宏之以史氏之品藻，合之以作者之規矩，不但使兩川之豪士拱手也。未即得面，馳情無量。秋初覬能一來，快盡此事。謹勒手狀。

24 又

某前承問讀《易》，常苦匆匆不能盡所欲言者。若欲章分句解，作書生伎倆，不過熟讀《繫辭》，便可得作者旨趣矣。此極不難，但要成誦，令章句瑩然在胸中耳。若欲知《易》之道，則但於「百姓日用而不知」一句能直下冰銷瓦解，斯盡之矣。如此句，諸佛祖師亦滿口舉不盡也。三十年來，心醉《易》中，自從解此一句，遂不疑。老聃、釋氏許多文字，但就自己求之。

25 與楊素翁書

辱書勤懇，感慰無量。送紫竹書厨，雖未甚中度，然亦適用，知公眷衈不倦也。送軸甚佳，感刻感刻！秋高霜冷，即日起居何如？想里中亦有可人，共黄花一樽，破顔而笑。所須寫老杜詩，青衣城中晝日盡爲賓客所奪，夜鐙不便老眼，且遣此三人回，舟中寫得，隨處奉寄，必不貽人笑怪也。某十五六間必解舟，相距密邇，猶得時奉書也。對酒作書，極不如禮。

26 又

到青神，所得士，唯王十六元直老成有士大夫氣味。嚴與公權學識高明，文章詞氣，道理明白粹美，此國士也。蘇元老在庭作詩書字，真東坡先生家子弟，人物亦高秀。聞其平居甚孝謹，不易得也。不知素翁嘗與此三人游否？公，俠士也，故以奉告。〔一〕

〔一〕原注：「右皆家傳。」

27 與楊子建秀才書

頃幸得接款曲，而賓客坌集，應接常無餘日，不能叩學問之自得處，曷勝耿耿。冬候暄暖，即日想起居輕安。《通神論》佳作也，略能徧讀，非潛心之地，故倉猝不能得其義味，作序如此，不審可意否？方此睽遠，千萬珍重。謹勒手狀。〔二〕

〔二〕原注：「《通神論序》載第二卷。」

28 與莘老帖〔一〕

不侍累日，思承教音，無日不勤。伏奉簡誨，審體力勝健爲慰。承諭劉君清修如此，固願識之。信公語録暫留徧觀。若欲作序引，不敢辭，但恐不足以重之耳。七日後當投休告參候，謹上狀。

〔一〕嘉靖本此卷目録題作《與劉莘老帖》。

29 又

自公撫南牀，士論翕然，每與深識者共歎仰也。《詩》云：「不懈于位，民之攸塈。」伏惟監於《湯之盤銘》，不以職事舉、修名立而倦也。率易，恐悚。

30 與劉斯立帖

相聞而願見，略已十五年，邂逅得面，瞻想風度，實過所聞。辱手誨，并得佳句，伏讀未造微妙。他日到北牕，當吟咏以爲陶冶之具。方出局，罷甚。所要文字，未能檢尋，自此當嗣音也。

31 與翊道通判書

仲春尚暄，不審尊候何如？伏惟監理暇豫，寢膳宴安。山川表裏，言論風旨，若可與聞，而囚拘有所，無階瞻敬，惟有馳情。頃蒙賜書，存問勤篤，忘其在罪籍，而推與過情。棄捐漂没，當老於蠻夷中。幸瘴癘不甚疾人，養生之具不甚闕，便足了一生矣。多病早衰，頭眩足弱，幾絶人事，又林下水濱，習成孏放，以是久不能通記下執事。竊謂高明敦厚，何所不容，照其情實，知非簡耳。黔中春寒異常，不知夔府亦見雪否？伏冀善自調護，以安百禄。謹勒手狀。

32 又

去歲所蒙乃公狀，以閒居務省事，不欲數慁公家借書吏，以是久不能上答。竊惟高明所以見期，蓋不在此苛禮，故輒闕焉。由流俗觀之，不勝其罪也。頃蒙惠蜀糖，殊佳，山中既難得，又蔬食所須耳，感刻感刻！雙井少許漫往，助勝日嘉客對江山。治之之法，茂宗當能道之。表弟周掾嘗荷顧盼，不肖與受賜也。舍弟知命蒙存記甚厚，適以病目，方小愈，未能上狀。

33　又

夔府故號爲少事，又漕臺所在，吏治有不安，易爲諮禀。喬年大夫以寬厚治郡，而公以餘間糾擿吏曹之逋慢，伏想宴閑之日蓋多，江山佳麗，從容尊俎之樂宜不乏。張茂年少解事，相得甚歡。聞上司又辟南浦尉張永弼作帳局，亦佳士也。同府多得佳士，亦可樂耳。

34　與李端中書

尊公修撰，不敢通書，恐罪人之垢玷汙大旆之光輝。前日蒙賜酒肴，以尊者之賜，熟計念之，不敢辭，亦恐或累盛德，此後願勿繼也。悚惕悚惕！

35　又

昨蒙賜教勤懇，并貺建溪珍品，敬佩不忘之意。即日霜寒，不審尊候何如？伏惟忠厚樂易，風行草偃，尊俎笑談，自得江山之助。承誨諭，欲求閑冷，何不自憙邪？督迫上供，處處如此。公方富於春秋，求閑恐不能無嫌也。未有瞻承之便，臨書懷仰。伏祈爲民自重，長使鰥寡得職。

36 與之美運使書

使車雖數遷，然敦厚膚敏，民所望而畏愛也。伏惟按部所止，高明斂手，惸獨得職，寢食之味，神所相勞。令嗣猶在婦翁家邪？君禮想視膳問寢，不解子職，居閒亦得文字之樂。某漂寓鄂渚，家二十口，亦隨緣厚薄，但湖北極苦旱乾，不免有饑饉之憂耳。不審貴部夏秋頗得時雨否？

37 與子智帖

辱書稱述曲折，此一面可道，而若致千里之音者，何邪？老人病嬾，了不喜作書，此曹狡獪，故不能一二上答。所與勾主簿書，文詞意氣甚壯。然既稱「鄉丈」，而曰「某白」，非少者事長之禮也。古無尊卑，皆稱人曰「足下」，致敬其足，此極數也。故范睢謂秦王曰「大王足下」，酈食其謂漢王曰「足下必欲誅無道秦，不宜踞見長者」。然後世既稱「陛下」、「殿下」、「閣下」、「執事」，則以「足下」施於下交，則不得不從衆也。足下方有求於勾主簿，而曰「某白足下」，猶欲入而閉門也，而可乎？

38 又

熟觀所惠書，詞意高雅，有作者之風。足下誠勤督不忘，探經術以致其深，考史傳以致其博，雖觀先王之言，而以事明之，古人不難到也。《燕默傳》甚有思致，他日不已，安知足下不爲二班邪？但願勿求小成自足耳。

39 與胡少汲書

某春末得莊僕迴所惠書，即附慰疏，問唐臣窀穸遠近，及念九兄弟處喪何如，學問可望否，張氏女得所否，何以書至今未達邪？計是奉新莊夫非有所調發不往，故直留前書在村舍耳。足下手足之痛相及在體，於人情豈能堪。然當以承祭祀爲重，以道印煩惱爲智慧之用，知其兒女痛痒，則不孤兄弟所以相期者矣。惠寄蘄簟、由拳，皆山中所闕，多感多感！「參前堂」蓋取所謂「立則見其參於前」耳。此處有前後堂，前堂面竹，竹外修溪，修溪以南，幕阜山重疊無際。後堂北桃李皆數十尺，盛夏緑陰甚可愛。一甥誤傳堂意，致公佳作失經旨，所謂使陳壽不美於史遷，固之罪也。諸詩皆有勝處，知别後不忘學，欽仰欽仰！所須《伯夷廟碑》及近文，以盛暑揮汗作書，不復可及此物，秋涼後或得手鈔數篇也。

40 與載熙書

前辱載熙書，勤重累紙。并手作珍墨，煤細質堅，色黟黑，幾兼前輩之妙，不獨今士大夫好事之比也，欽重欽重！又惠京師名筆，皆佳，感刻〔一〕！多事，加之老嬾，未能作答。又辱簡記，存問不怠，何欣慰如之！録示東坡諸語，所欲聞也。封示象州時書信〔二〕，讀之惕然，又仰才叔之慈仁也。承新任乃在邕州，他日可數通書，并爲海物之主人也。未有會面之期，千萬珍重。正月初七日，庭堅頓首上載熙巡檢殿直防閤〔三〕。

紙二軸久留此〔四〕，獺寫，因來人告行，謾書畢，不能佳也。

〔一〕感刻：《山谷簡尺》卷下作「感刻感刻」。

〔二〕時：原作「詩」，據《山谷簡尺》改。

〔三〕「正月」以下原無，據《山谷簡尺》補。

〔四〕紙二軸：《山谷簡尺》作「二紙軸」。

41 又〔一〕

奉字伯仲，謾作短序道之，衰朽不成文也。公筆札極豪勁，但未入古人繩墨，何也？

古人雖顛倒書，亦四停八當。凡書字偏枯，皆不成字，所謂失一點如美人眇一目，失一戈如壯士折一臂，不審信之否？

〔一〕此篇原與上篇相連，今據《山谷簡尺》卷下另作一篇。

42 與王元直帖

今旦以楊咸儒煎迫欲行，不舉頭寫六七書，僅能至食時而畢，故輒戒門吏使勿通賓謁，不謂諸君子旦來皆見過也，悚惕悚惕！辱手畢，喜承日用安和，買絹買米，皆煩調護，感刻感刻！每承諸賢見目以「鈞」、「台」，甚不安也。凡名皆須宜稱耳，若常行，唯執政可「鈞候」、「鈞旨」，兩制及大兩省三獨坐，可呼「台候」、「台旨」。如司諫、正言、三院御史、修撰、直閣、大卿監，皆不呼「台候」、「台旨」也。因見諸公，爲道此，皆改之，孔子所謂「君子名之必可言」也。不爾，不唯不肖得罪，諸賢亦不免爲識者所譏笑耳。

43 答夢得承制書

又辱遠寄二詩，白髮瘴霧之中，不忘筆研，實增愛歎。春溪茗菜日佳，想甚助吟諷之味。無緣瞻奉，千萬珍重。正月二十一日，庭堅頓首上夢得承制〔一〕。

賢郎安勝，想山中閑寂，極得讀書之味。

〔一〕「正月」以下原無，據《山谷簡尺》卷下補。

44 與叔元帖

昨幸過仁者之里，得見隱居之清勝，使人有蟬蜕塵埃之意。然迎來將往，辱軒蓋甚勤，愧不可言也。專人奉賜教勤甚，悚惕！比來日用輕安，賢郎進學不怠，良慰懷仰！園亭詩，道中匆匆未能就，他日可寄也。堂室榜寫去。奉新縣二鼓，驛舍中有滴階雨，燭下眼花，奉狀如此。

45 答蕭子孝書

與足下先君子游，於今三十年，常恨濟父不見用於時，又愧録録隨食南北，不如濟父一丘一壑便足了一生也。比辱以先君子之治命見囑作銘，方此銜哀墓次，待盡朝夕，何得復有文思！又承窀穸有期，不敢但已，以孤泉下之願，率爾就此，不知可以傳後否？試持與君表議之，可用即摹刻也。哀情憒憒，書不倫次。洮研一枚，墨四種，謾往爲臨池之用。〔一〕

〔一〕原注：「右見蕭氏石刻。」

46 與死心道人書

雲巖和尚神几：往日常蒙苦口提撕，常如醉夢，依俙在光影中，今日昭然，明日昧然。蓋疑情不盡，命根不斷，故望涯而退耳。謫官在黔州，道中晝卧，覺來忽然廓爾。尋思平生被天下老和尚謾了多少，惟有死心道人不相背，乃是第一慈悲。亦有無諍寮中三十拄杖，因書馳送。興、佺在彼否？此兩道人卻須要打剥浄，未審如何？清公到高居，計無不安穩，亦頗爲衲子追逐邪？然已是名滿天下，恐終不得閑耳。兜率照公是箇本色，住山久，與游居，亦好興，卻是叢林中淹浸得到。只是從初悟發處，不曾廓然豁爾，故不能得成一片。見今只管學決擇佛法，收拾一副當打老鼠家具，向後爲人耳。須是本分宗打罵，教煩惱半年十箇月，他日未可量，須是有香巖稜道者器宇始得。不知此論是否，因書幸見教也。戴道純今在甚處？昨在黄龍相聚數日，亦是學得説禪儘似也。只今道衆中有是道器者否？馮大郎信心如此，雲巖緣事，想不難成就也。

47 又

奉所賜書，承已退翠巖，寄住祐聖，氣力安樂，良慰懷想。今夏居處，亦有水濱林下可逍遥者乎？公脊骨硬如鐵，去住自由，今天下道人中一人而已。嘗觀漢之宰相，朝握天下之權，暮駕柴車出丞相府，自處之適爾，旁觀者亦不爲難。而今之住山者，嘗抱而不忍脱，此何理也？

48 又

某自分寧過萍鄉，般取知命一房，同赴太平，道出奉新，甚願一見。更聞師子吼音，震驚癡鈍。適俗緣有不得去，但相望雲煙之外，增歎息耳。謹勒手狀。

49 答浯溪長老新公書

專人辱書勤懇，并惠送季康篆元中丞《浯溪銘》，筆意甚佳。以字法觀之，《峿臺銘》亦季康篆也。然猶有袁滋篆《㾢亭銘》三十六行，何不墨本見惠，豈闕體也？袁滋，唐相也，他處未嘗見篆文，此獨有之，可貴也。凡㾢亭之東崖石上，刻次山文，合袁滋、季康篆共七十一行，爲崖溜簷水所敗，當日不如一日矣。若費三十竿大竹作厦，更以吞槽走簷水，其下開撅沙土見崖，令走水快，亦使袁公房祀乾潔，祐院門免時有聒噪也。此事切希挂意。莊客人力得工夫時，可令仲純、仲俅輩將領三兩人治橋左右溪道，令雅潔，疊石令橋下亦可作道人四威儀處，他日院門當成次第。若得蒙恩北歸，奉爲盡换内外牌榜也。兩三日既驟熱，又賓客紛紛，寫大字未得。來人煎迫求歸，故且遣回。諸人相見，皆爲致千萬意。

50 答崇勝密老書

頃嘗論道人處俗之意，公欣然見納，然恐未極其趣耳。如公高明了了，決不同流俗矣。憂患百種，去來無鄉，要使虎無所措其爪，兵無所容其刃耳。勢利之交，決定能埋没人。人之所畏，不可不畏。清心省事，不得已而後應，自然寡過矣。道人壁立千仞，方不入俗；至於和光同塵，又和本折却。與其和本折却，不如壁立千仞。〔一〕

〔一〕原注：「右皆家傳。」

51 雜簡

去年失秦少游，又失東坡蘇公，今年又失陳履常，余意文星已宵墜矣。然幸此三君子者，皆有佳兒未死，猶待其嶄然見頭角爾。見東坡祭文，多佳語，欽歎欽歎！至太平，且遣人往祭之。今年多病眩，不能作文，又思如東坡輩人，不可草草下筆故也。某行李之詳，已具初和甫書中矣。

52 又

經宿，不審體力輕安否？早來覺兩日不快，乃是前時怒庖人烹調不如法，因而就食，故氣上而煩，則知喜怒之害人深矣。夾公服，承煩頤旨令熨過，針綫工治衣服，大率不能令衣平展耳。〔一〕

〔一〕原注：「右真蹟藏於趙宗玉家。」

53 又

今日祭社，一歲民食所託，所以祈風雨時節，爲民禳除蝥賊之災，不謂兩勸農使者皆移疾不親之也。孔子曰：「吾不與祭如不祭。」神聰明正直，依人而行，不可忽也。昨日不甚解所謂〔一〕，故不果論之。他日有典祀，願少留意。公嘗事韓康公，嘗見此公齋祭風範否？俸米極荷應副，得無乏宅庫支遣否〔二〕？

〔一〕謂：《山谷簡尺》卷上作「論」。

〔二〕乏：原作「之」，據《山谷簡尺》改。

54　又

承示諭〔一〕，數往助崇德姨母，此蓋公孝友之素。仕宦所得，唯此而已，其餘亦何足道邪？願數顧省，立則參於前，在輿則倚於衡也。〔二〕

五鼓起迎駕，作此書極草草也〔三〕。

〔一〕諭：原作「論」，據《式古堂書畫彙考》卷一二改。

〔二〕原注：「右真蹟藏于晉陵尤氏。」

〔三〕「五鼓」以下原無，據《式古堂書畫彙考》補。

55　與才卿法曹仁弟書

辱書，審侍奉到官，吉慶爲慰。八姑頗樂彼風物否？閤中諸幼，想皆安勝。知太守頗垂顧，恨遂被召耳。新守亦故舊，俟到即作書往。然初仕，極須事事盡心竭力，與同僚親睦，勿分彼我，職事略可相通者，任其勞，則同僚歸心矣。官所尤謹買物虧價，及寺院、民家借器用及出入不明。能謹此數事，則亦易得舉主，稍用他人一秋毫之力可致矣。未緣

會面，臨書懷想，千萬勤官，爲親自重。〔一〕

〔一〕原注：「右家藏真蹟。」

宋黄文節公全集·别集卷第十八

書簡

1 答人求學書

某頓首。乙酉辱留書及詩，道别勤勤懇懇。方欲作報，丙戌重承長牋，敘致從來，禮意過當。實犬馬齒長，聞道晼晚，琢磨少功。足下愛而忘其醜，使當拜起，内顧非所可承，特以叔遂事契，故不敢終辭。如書詞所推與，皆畫脂鏤冰，隨世磨滅耳，何足重陳？經世之術，足下已知朱公之説璧，與逆旅之貴惡妾，安往而不自得哉！古人言，瘖聾之徒，真世之有道者。方欲從事於此，同與足下勉之。古之人學問高明，胸中如日月，然後能似土木，與世浮沈，無死地以受衆人之彈射。恐足下猶怏怏前語，故詳道之。過此以往，口挂壁耳。荷字詩，奉報如此，以當面。豐城舊詩漫録去，攜至君邑，有臭味同者示之。壽禪師伽陁輒妄意公可得力者數篇往，願置左右有透脱處。書來，示喻瓦薰鼎，本來制作頗工，令陶家盡用舊規，但以沙合齊爲之，不用成沫爲妙。張豐城書併煩從者。幾時成行侍奉太夫人？昆弟俱否？願慎行李，以慰馳情。〔一〕

〔一〕原注：「右家傳。」

2 答陳季常書

伏奉六月二十八日手誨，審春夏來舍中須醫藥，今已安平爲慰。承須鬢遂欲如雪，此世間公道也。山居岑蔚，粗有林泉，兄弟相與致力墓次耳。過蒙推獎，愧悚愧悚！天覺欲弭節山中，故人會合，誠可樂。不肖哀毀之餘，已成一翁。九月當從吉，且當丐一宫觀養病數年，無緣追陪勝日，良以悵然。鄭希道篆學深博，今時士大夫不能及者。前奉問希道今居何許，年幾許，今爲何官，不蒙報，何也？雙井前所送，乃家園第一。如公所論，不可解，竊意似南方士人觀國耳。昔有南方一士，初入都，見縣巷燕支鋪群婢，即歎息，以爲燕趙之絶色；及其遊界南北，真見妖麗之姝〔一〕，遂復尋常耳，豈曩時所見長鷹爪者初至縣巷口者乎！今謾寄數兩大爪，然其味乃不甚良也。

〔一〕姝：原作「殊」，據四庫本改。

3 又

惠嘉句，假借踰分，祇增愧耳。不作詩已五年，試索胸中，不復能一句矣。無以報嘉貺，愧恐愧恐！聞安期丈年七十七，耳目聰明，白首一節，欽歎！柳七從來謹約，知柳四洗腳上船，亦爲克家之子，乃老人晚福也。景雲復古塔，大爲盛事。前外甥洪炎亦嘗録本來乞記，已諾之矣。但夏秋來多病，文思枯涸，更少待。所喻濡潤，某自在太和，即不受人物，如季常乃不知邪？小子相已十歲，頗頑壯，稍知讀書，辱問及，甚惠。高麗紙卷，遂爲人所取，不可得。深秋涼時，别寫數紙雜詩去。公擇詩既不果作，豈可作贋以誣泉下人邪！公但勉終令德，勿以時和歲豐，飽煖充足，退處士之節。他日爲公作一佳墓碑，此不朽之事也，何以詩爲哉！公擇、莘老冢上之松已拱，令人慨然，人生健時不可不勉爲善耳。安期丈不敢作書往，煩老者報答。因几杖至田間，爲承動静。

4 答何斯舉書

别來不復能通書，孤苦憔悴之狀，不言可喻。中間每見邠老、龜父兄弟詩卷中有佳句，未嘗不詠嘆也。辱書累紙，恩意勤懇，但增感塞。參前堂佳句甚高秀，欽歎欽歎！參前堂但前對溪山，修竹古木森然，頗助觀已。其後夏月皆緑陰，不見日耳，土木之功則極草草。又堂中之人哀悴廢學，甚不稱佳句也。太和詩似不必作，有微意具駒父書中，幸取觀之。未緣晤集，千萬强學自重。

5 又

外甥鴻父得託貴門，相與遂有瓜葛，良以爲慰。諸令弟想講學不倦。哀悴昏塞，不記貴字，欲奉字曰「斯舉」，不知可用否？取《論語》所謂「色斯舉矣」者，但恐或犯諱字耳，因來示諭。陳季常所刻蘇尚書詩集，煩爲以厚紙印一本見寄，只封在鴻父處亦可爾。

6 又

寄惠蘇公詩集，亦自有用處。要欲得一本厚紙者，藏之名山耳。季常所寄亦是此一種紙，當料理季常爲用厚紙印耳。「斯舉」者，觀所謂「色斯舉矣，翔而後集」，已極古人去就之意，無可措言，欲作序者但爲之華藻耳。哀悴以來，文思枯涸，幾如井谷射鮒，俟寒泉稍集，即當下筆。

7 又

春來寒燠未節，承侍奉萬福爲慰。令弟進學無恙？承示喻親友離群，有獨學之憂。苟無其人，當論其世，友古人於黄卷之間耳。宗伯蘇端明之詩筆，語妙天下，於今爲獨步，當激賞其妙處，率馬以驥也。觀斯舉詩句，多自得之，他日七八少年，皆當壓倒老夫。但須得忠信孝友，深根固蒂，則枝葉有光輝矣。〔一〕

〔一〕原注：「右皆已載何琮所集《蘇黄遺編》。」

8 與東川提舉書

竊惟道塗風霜，使節衝冒，良亦勤止。即日不審按部所至，尊候何似？澄清之氣，懔然光被於江山，願篤行李，以慰夷夏瞻仰。小寒，伏祈爲國自重，區區誠禱。謹附承動静。

9 又

某蹇嫩樸愚，未嘗得望履幕下。重以負罪竄逐，强顔未死，捐棄漂没，不當行李，無階修敬。昨以親嫌遷置戎僰，遂得潛伏蓬蓽，爲貴部之民。區區常慮謫籍之塵垢，點污大旆之光輝，以是久之不敢通名於左右。恭惟君子能盡人之情，知其心危慮深，終不以爲簡也。

10 又

某閒居杜門，蓬藋柱宇，鼪鼯同逕，寒灰槁木，不省世事。故非至親至舊可以通書，而又不以罪譴點染爲嫌者，未嘗敢修牋記。以是待罪部下，累月不能作狀一道。衰病之迹，萬里投荒，一身弔影，其情可察。頭昡目昏，書札不如禮，伏惟高明仁慈，尚能寬之。

11 又

某名在不赦之籍，長爲明時棄物，胥疏隱約蓬蒿之下，直偷生耳。已無冠帶可從人間禮數，但有幅巾直裰，僅自蓋纏，不可以參謁使車之道左，請問舍人記室。惟想望英風懔然，聳平生願見之意耳。竊惟盛德之度，可以存而不論。言語複重，蓋老病之常態。冒瀆清重，悚仄無地。

12 與戎州新太守書

當此風霜，大旆衝冒，良亦勤止。恭惟弭節江次，起居萬福。此邦之民已歌來暮，願篤行李，以慰瞻仰。時寒暴露，伏祈爲國自重，區區誠禱。

13 又

某負罪未死，捐棄漂没，不當行李，未嘗得望光彩。昨以親嫌遷置貴部，遂得潛伏蓬蓽，爲樂國之民，竊以自幸。區區常慮譴謫之塵垢，點污大旆之光華，以是久之不敢通書於記室。恭惟君子盡人之情，知其操心危，慮患深，終不以爲簡也。

14 又

閒居杜門，不甚預聞人事，不欲煩公家借書吏，故非至親至舊可以致手書，不以謫籍點污爲嫌者，未嘗敢通音問也。以是密邇舊治，不能作記，以道衰疾之迹。蓬蒿塞門，貧病在躬，直可棄捐，何足爲長者道之？勉强修敬，頭眩目昏，書札不如禮，惟高明尚能貸之。

15 與楊齋郎書

辱書勤懇，喜承盛暑侍奉萬福。某捐棄漂没，不當行李，得罪明時，無可解説。而足下相與如平生，數千里之間，精神感會，勤勤懇懇，如慕古人，亦足以觀足下之不隨流俗，故不待相識而相知也。然當此盛暑，未宜衝冒，貽老者思念耳。未即瞻對，懷仰則勤，尚冀珍重。謹奉狀。

16 又

伏承尊公豈弟之政在民，民安樂之。又得借寇恂之願，想見樂國風物之美，恨不得身出其間耳。欲作尊公書，適病起疲倦，作二書已不能堪。幸因問膳，道嚮往之意。

17 答史子山書

辱書勤懇，審侍奉萬福爲慰。寄惠石刻，感戢。恨摹勒者非其人，不稱顯親傳後之意，亦是鄙文不足以行遠，故感果如是耳。遠致張雅墨、絲鞋、煮酒，公自食貧，何煩如此，秪增愧耳。唐坦之館穀數月，刲舂鉏之股以啗於菟，豈能久堪邪？鮮自源煩調護西歸，良不易。微公，索之枯魚之肆矣。然斯事亦難責辦於在官者，惟公尚可耳。盛暑不雨，比來體力何如？講授不至疲勞邪？未期良集，惟希珍重。

18 與周元翁別紙〔一〕

往在雙井，所見黄龍心老，蓋莊子所説伯昏瞀人之流。但年已七十四五，不復肯出矣。有清、新二禪師，是心之門人，道眼明徹，自淮以北，未見此人。今所與共居師範上座，是簡州人，潙山喆老門人也。其人聞道已久，多見前輩，道幾純熟，智慮深遠，於士大夫中求之未易得，恨公未見此人耳。公純一已久，正是學道人，願少加意。此與謾學言句，穿得佛祖如貫珠，終何益哉！思公窮悴而守道不渝，此蓋古人所難也。然已知求道於生死之際，則世累自已甚輕，但未直下撥塵見已耳。所寄絹軸，謾書此數種語，試觀之何如？所云矢注目而不瞬，若視去如來，不當言動不動法，皆是磨滅敗壞之相，故長者云：「若不見法身本體，所以萬行皆屬人天果報有漏之因。」既盡心於此，不可不著些精神，打令徹底不疑，念念。但觀不舍晝夜，豈更有一塵佛法可建立也！

〔一〕「别紙」下原有「書」字，據嘉靖本删。「别紙」爲書信之一種，「别紙書」不詞。

19 答秦少章帖

前辱惠教，并示新文累紙，又屢屈車馬。公私匆匆，不辦眼前，盛意未報，然欽愛之誠則勤，足下當諒此。天氣日夜涼，漸宜鐙火，想於文字益有功，凡可以養生事親者用心焉。事無道俗，一以貫之，獨願勿載得失於心術耳。午後稍暇，當約過酺池閑談。

20 又

作文字不必多，每作一篇，要商確精盡，檢閲不厭勤耳。舉場中下筆遲澀，蓋是平時讀書不貫穿也。併書十扇，甚愧勤國士也，筆意殊有佳處。公舊學蘇餘杭書，已有功，政坐變從不肖規摹，筆乃小嫩耳。寫字鄙事也，亦安用功？然賢於博弈，游息時聊爾爲之。能使筆力悉從腕中來，筆尾上直，當得意。

21 又

前承惠詩，并得教，極荷相與不怠，詩輒和呈。所問文體，大似擊鐘，叩其旋蟲與栒虡，不若發其全體之聲耳。欲得陳無己舊作《黄樓賦記》及《答李端叔書》，如有本，且借示。

22 又

辱簡記，承學問不怠爲慰。前得所惠書，展讀頗有家法。此事要須從治心養性中來，濟以學古之功。三月聚糧，可至千里。如足下才性之美，何患不及古人，但勿欲速成耳。詩軸都爲公定借去，未取得，來即遣去。前承陳無己語，有人問：「老杜詩如何是巧處？」但答之：「直須有孔竅始得。」因相見，試道之。

23 又

比在吉，熟讀前所惠詩卷，如公闢祭文，語氣甚善，詩句極有風裁，可喜。合處便似吾少游語，然恨工在遣辭，病在骨氣耳。古之聞道者，請問治天下，則對曰：「去，汝鄙人也，何問之不豫也！」文章雖末學，要須茂其根本，深其淵源，以身爲度，以聲爲律，不加開鑿之功，而自閎深矣。公誠以此言爲可，則猶有一物爲公道之。二十年來，學士大夫有功於翰墨者爲不少，求其卓然名家者則未多。蓋嘗深求其故，病在欲速成耳。夫四時之運，天德也，不能即春而爲冬，斷可識矣。承自屈訪逮，故及此。更占大方之家，有所聞見，幸見教。

24 與朱聖弼書

公從事於仕，上下之交，皆得其歡心。又勤於公家，可以無憾，惟少讀書耳。能逐日輟一兩時讀《漢書》一卷，積一歲之力，所得多矣。遇事繁暫闕，明日輒續，則意味自相接。

空時亦不須貪多，要有倫序耳。〔一〕

〔一〕原注：「右皆家傳。」

25 與徐師川書

某叩頭〔一〕。得手記，審秋來侍奉萬福，閒居不廢問學，甚慰懷想。老舅窮露病羸，比經先親練祥，追慕不逮，痛深刲割。又聞給事叔父之訃，號慟塞絶。門户陵遲一至於此，痛毒之情，殆不能堪。遠承慰卹，曷勝哀感！所寄吉州舊句，并得見諸賢和篇，皆清麗有句法，讀之屢歎糠粃在前，老者增愧耳。甥人物之英也，然須治經，自探其本，行止語默一一規摹古人。至於口無擇言，身無擇行，乃可師心自行耳。君子之言行，不但爲賢於流俗而已，比其大成，使古之特立獨行者皆立於下風也。嘗有贈邢惇夫一詩，謾録往。多病，意嘗憒憒，書詞不次。

〔一〕「某叩頭」三字原無，據嘉靖本補。

26 又

辱書，存問勤懇。見所作二詩，皆有老成之氣，他日學問文章當不憂，但念當得知識深遠、老於世故者相與琢磨，乃爲有益。好學之士常病人我最難調伏，能日三省此事，去道不遠矣。禹治水十九年於外，三過其門而不入，然而不矜不伐，況於世間知書能文，果不足驕人矣。潘君詩句中，觀其人甚刻厲，不輕發，然不知於治心養性有少功夫否？凡倦殼軒詩卷中人，但能訥於言而敏於行，皆足以追配古人矣，今人不足驕也，不審甥與諸友嘗如此念之否？多病，草草。因來有新作，惠示爲望。

27 與洪氏四甥書

駒父：別後惘然者累日，雖道塗悠遠，鴻雁相依，頗不索寞。黄州人來，得平安之音，甚慰也。即日想安勝，太守書頗相知，更希善事之。尺璧之陰，常以三分之一治公家，以其一讀書，以其一爲棋酒，公私皆辦矣。玉父若且留黄，亦自佳，不知能如此否？外婆比來意思殊勝，比去冬十減六七，望夏秋間得佳也。

28 又

龜父、玉父、盎父諸甥：皆得書，知侍奉太母縣君安樂，甚以爲慰。駒父常得近耗，代者已至否？鴻父在齊安否？龜父所寄詩，語益老健，甚慰相期之意。然家貧，老人須養，未免就科舉，更須收拾筆墨，入規矩中，得失雖不在是，要是應科舉法也。方君詩如鳳雛出殼，雖未得翔于千仞，竟是真鳳凰耳。今幾許春秋？性行何如？治經術否？潘子真近有書來，傾倒甚至，亦未暇作報。盎父知讀書有味否？所欲於范守處借人，易爾。但平生不相識，方一通書，後信便可言此。未緣相見，思念何日不勤，惟萬萬自愛，因來頻寄書。

29 又

見師川所寄詩卷有新句，甚慰人意。比來頗得治經、觀史書否？治經欲鈎其深，觀史欲融會其事理，二者皆精熟，涉獵而已，無他功也。士朝而肄業，晝而服習，夕而計過，無憾而後即安，此古人讀書法也。潘君必數相見，比得其書，甚想見其人。

30 又

龜父外甥：得遞中書，審侍奉太母縣君安裕，同諸弟進學不倦，甚慰懷想。即日霜寒，想同新婦供具甘旨不匱。黄州教授得安問。寄詩比舊增勝，每得所寄文字，雖哀苦憔悴中，亦一開顏也。所問禮樂事，具悉。禮樂者，聖人所以節文仁義至於大成者也，修之身，立之天下，一法也，一物也。樂由天作，禮以地制，夫範圍天地，非聖人孰能之？惟聖人能遂萬物之宜，通天下之志。萬物皆得宜，禮之實也；天下皆得志，樂之情也。董生、王吉、劉向所論，蓋欲用先王之禮樂宜於世者以教化民，此與聖人之言不悖也。孔子所論孟公綽、卞莊子之徒，蓋或過或不及，非以禮樂節文之，則不可爲成人，如孟子所論合矣。聖人者，知人之本根材器，故其用禮樂也，知變化之道，而與天地同流。故鐘鼓之間而與天地同和，俎豆之間而與天地同節。後世不本心術，故肝膽楚越也，而況於禮樂乎！對客疲倦，草草。

31 又

得來書，知侍奉萬福，進學不倦爲慰。老舅霜露哀摧，比經祥練，追慕無冀，痛深屠割，奈何奈何！方此荼毒，百骸殄瘁，又聞給事叔父之訃，一慟欲絶，奈何奈何！鴻父在太學，時得安問否？得劉教授書，推與二生文藝，頗慰懸情。通知古今在勤讀書，文章宏麗在筆墨追古。至於夜行之行，不見之美，極須留意〔一〕。略説人之常病有十種：喜論人之過；不自訟其過；嫉人之賢己；見賢不思齊；有過不改而必文；不稱事而增語〔二〕；與人計校曲直；喜窺人之私；樂與不肖者游；好友其所教。試反己而思之，若一日去其一，則十日亦盡去矣。管子曰：「聖人貴夜行。」此之謂也。此所謂安身之利用。孟子所説「曠安宅而不居」者，謂此等也。潘君文字極有思致，近又得渠書，傾倒甚至。多病未能即作答，且爲道意。不知此君能留意治心養性否？古人言：「説得一丈，不如行取一尺。説得一尺，不如行取一寸。〔三〕」此至言也。見徐外甥奉議，亦道此意。數十年先生君子但用文章提獎後生，故華而不實。諸生寡過，可討《郭林宗傳》觀，茅季偉、田仲乙安用文章也？未能相見，千萬自重，勤務本之學。

〔二〕須：原作「雖」，據嘉靖本改。

〔三〕不稱事：原校：「一本無不字。」按嘉靖本無「不」字。

32 與李德叟書

德叟推官六弟：前嘗作書，具道成都事始末，來人不取報而行，因循留齋中以至今。得劉左藏來元日所寄書，審侍奉三妗太君萬福，張新婦、彭團練、佛兒、僧兒各安勝爲慰。蘄州學舍尚可忍窮以待黄陂闕否？兩年來百憂滿懷，又親老常須醫藥，蒼顔白髮，已成一翁。但以老者係戀兒女，不欲向江湖，直强顔班列中爾。局中文字煎迫，舊書亦荒廢，終日憒憒，了無可樂者，甚思阿髯誦詩，蝟毛森張，慰此寥落也。江外方春寒，千萬爲親自重。〔一〕

〔一〕原注：「右皆家傳。」

33 與李廣心書

廣心主簿弟：得所寄書，知官下不忘學問，時至太平探幽味玄，别後乃能如此，何慰如之！大舅學士左右當每得安問。即日王事不至勞勤，新婦安裕，幼弟讀書勝進，諸姪長茂。龜父外甥老於場屋作人，亦自清苦。客游邑中，當承豈弟之蔭，不知今舉利鈍何如？師川遂能杜門擇士，與游問學，有自得處，他日當爲豫章一名士，但恨彼未有國士與爲師賓爾。承主簿廳作雙寂堂，乞銘。漫作數語，還可意否？老夫顔鬢與都門相别時大概不遠，老饕如故。四十今年斗長，老杜所謂「吾笑汝身長」者也。知命到家，不能三月，復以舟載李慶、韓十上成都矣。相望萬里，會面無期，臨紙惘然。千萬勤官强學，爲親自愛。〔一〕

〔一〕原注：「《雙寂堂銘》載第二卷。」

34 與七兄司理書

元正令節阻遠，無階獻壽，不能勝情。伏惟治獄多有陰德，百福所會，坦道爲履，無所憂懼，隨順世緣，哀樂以節，以保康寧之壽。丁成等來，繼得卧龍山絶頂書，兩信所報曲折，開慰無量。見姪榎書，如在目前，亦慰人意。秀女幾時生，初未得報。頃終不作諸人書，乃如兄所慮，大郎尚未能深念耳。知命挈攜在涪陵，凡十月乃歸；才歸，又往涪見張從道。此公多禁忌，初亦患其玁玁喜往，幸相見傾盡，亦館待十七夫婦甚勤，殊不易也。即日相、相、小牛、王孀、慶兒安宜，小牛、孀、妝奴皆無恙。相雖醇良，終未好書。此司理譚存之，忠州人，兩兒皆勤讀書，一已十七歲，一與相同歲，延在齋中令共學，差成倫緒。日爲之講一大經、一小經，夜與説老杜詩，冀年歲稍見功耳。範公爲其師死去，三月遽歸，今聞淩雲有請疏〔一〕，或被迫往往復來。純及王行者皆久不在此。某處摩圍之下，安固寂静，無時不湛然，願勿以遞中書沈浮動念也。相望萬里，兄弟之心，何異對面，伏祈寬懷自重。不備。

〔一〕淩雲：原注：「嘉州大佛院名。」

35 與嗣深節推十九弟書

嗣深節推十九弟：得書，知同新婦諸姪安勝爲慰。寄大蒸棗，乃所乏也。比得大郎自萍鄉來相聚，甚慰人意。亦知元明年來殊健，得兒婦孝和，甚可意也。嗣文般家，何故稽緩如此？嗣直絶不得書。天民以婦病，全家向洪州就醫，未得歸音。三十三已同去華，歸一月矣。高定侯數有書來，但苦貧甚，已寄絲二百兩，仍月割俸一千與之，雖未有大益，聊爲不忘之意耳。適張客來云，遣人到光山送其弟經費，便行，故草草作此書。樸適出謁黄嵱孺未回，亦不及候書，續因張客寄書信也。今年有雙井飲否？贇府佳士，官況當佳。光山亦有游觀處否？度亦無林泉之勝。比得叔和書，乃報小大娘舊疾稍痊，亦可喜，至涼遣楷向永寧也。六月三十日。

36 與聲叔六姪書

聲叔六姪：得書，知同諸新婦侍奉不闕子職，牙兒長茂。張士節佳士，想筆研間益得講學之樂。日月易失，官職自有命。但使腹中有數百卷書，略識古人義味，便不爲俗士矣。金道人惠書甚勤，及寄蓯蓉鹿茸丸，極濟所乏，感刻。

37 又

卿長老惠書已悉，所求院記敬諾，但録事來未詳備，如三鈍漢坐脱事及偈句之類。士節來修㦧記，禮意甚篤，皆未能作書，石橋元上座亦然。若石橋功及七分，便作銘也。近

見寫字甚進，願文學行義皆如此。世間鄙事，有甚了期？一切放下，專意修學，千萬千萬！〔一〕

〔一〕原注：「右皆家藏真蹟。」

38 答荆州族人顏徒帖

宗子之禮廢，同姓之子孫，數世之後，遂爲路人，竊嘗深悲之。舊嘗聞先君緒言，長沙一族，初亦零替。聞有晦甫者，儒學里行，人所推宗，恨未相識。及不肖游學在淮南，則聞閩漕以侍御史召，名動京師矣。衰宗墜緒，猶當敦睦，況賢者之子孫乎！今日相見，歡慰無已。重煩簡誨，悚愓悚愓！

39 與益修四弟强宗帖

某承手字，喜晴寒，日用輕安。數日來，不平之氣，想已銷歇。古人云，事不如意，十常八九，況此小小，何足置懷！世間逆順境界，如寒暑晝夜，必至之理。周公以大聖扶傾定難，遠則四國流言，近則同寮不悦，而周公從容不動，而天下和平。此小小者如蚊蚋過前耳，又何怏怏邪！十五郎甚安，純謹可愛。

40 又

辱手誨，喜承體力輕安。石屏幽雅有趣，徧相諸兒，遂與班班矣。輟惠，多謝多謝！小詩謾將意，老嬾疏拙，不足觀也。

41 又

某得來示，喜宿來日用輕安。惠海中諸物，感刻感刻！韓退之所謂「蚌魚螺蛤蟲，睢睢以盱盱。欲一以窮之，歲月屢謝除」者也。十五郎紙軸，知未尋得同色紙。此有五幅，似相近，謾送，或可相足耳。樗可字尊用，棫樸微物也，可薪之樗之，以薦郊廟，以其有用而尊之也。

宋黄文節公全集·別集卷第十九

書簡

1 與潤甫賢宗書〔一〕

昨到城，雖得數相從以爲慰，而煩溷主禮良勤，惟多愧耳。累日寒雨，體力能佳否？職事亦解漸稀簡邪？亦偷日力讀書否？仕宦固欲伸於知己，而外物不可必，唯有夙夜公家之餘，强學力行，乃爲不求求之。人生成就自有時，譬如春夏長養，秋霜肅然，小大成實，誰能禦之？至於非其時而望之，雖睿聖不能也。古人所謂「九折臂而成醫」者，更事多矣。孔子主彌子則衛卿可得，然而孔子曰：「富貴而可求也，雖執鞭之士，吾亦爲之。」然則是非不爲也，直知其不可求也。不審以爲何如？山中賦鹽，遣人就縣中，因人附問，草率。

〔一〕原注：「潤甫名育，舊字懋達。有字說，見《正集》。」

2 又

潤甫賢宗：獄曹與諸縣，事同一家，具獄上府，每有不當民情，義當裁正。事正而緩追胥節目，乃爲受賜不淺耳。

3 又

承頗尋繹舊學，不廢文字之樂，甚善甚善！同寮中有能同此意者否？讀書不須務多，要是精一書，更得人講學爲妙。公家事極須留意，然要庇護同官之短，而推之以功，則我貴矣。推其極，所謂「汝惟不矜，天下莫與汝争功」者也。浮雲儻來若寄之物，銖兩自有所繫，決非智巧所能得。老夫閱世故來，益知三十年守此拙分爲不錯也。〔一〕

〔一〕原注：「右真蹟皆藏於其孫樸。」

4 答壯輿主簿書

往在僰道，嘗一作報書，爾後三蒙書矣。率小字如蟻十餘紙，明牕浄几，凝神静慮而讀之，得三四紙則頭眩目花。卷而櫝藏之，迨數日乃能盡知。壯輿之傾倒於不肖者至矣，顧多病早衰，孏熳無堪，何以得此？是是堂諸文，知壯輿能盡交天下豪傑矣。所惠諸銘及上范公書，知壯輿强學日新，非不肖老鈍可望，但斂衽歎服耳。《是是堂銘》在陳留時作，畏懦不敢奉寄，今失其稿，老來隨事隨忘，筆間不復記憶，將來諸故友間或可得也。從容里中想亦得沈潛文字間，恨未得承琢磨之益，臨書惘然。

5 又

辱書累紙，存問勸戒，獎借開發，恩意千萬。鄙薄綿弱，遊於畏塗，已在明哲之後，豈能盡承吾子之賜邪！見所寄惠新文，與奪勸沮，坊之則塞，畎之則流，筆力與心機相得。歎仰日新之學，歡喜降服，大不可言，劉子真有子矣。如《論役錢》二書，乃如吾司馬温公論事，所謂希顏之人亦顏之徒者邪！自吾子之家禍薦臻，往與嗣文兄弟言之則氣塞，今而後知劉氏殊不衰也。千萬更希以道自重。

6 與廖宣叔帖

燭下見所惠簡，喜承體力漸勝。所諭憂患無種，奪人生理，誠如來示。夫利、衰、毀、譽、稱、譏、苦、樂，此八物無明種子也。人從無明種子中生，連皮帶骨，豈有可逃之地？但以百年觀之，則人與我及彼八物皆成一空。古人云：「衆生身同太虚，煩惱何處安腳？」細思熟念，煩惱從何處來？有益於事，有益於身否？八風之波，渺然無涯，而以百年有涯之生，種種計較，欲利，惡衰，怒毁，喜譽，求稱，避譏，厭苦，逐樂。得喪又自有宿因，決不可以計較而得。然且猨騰馬逐，至於澌盡而後休，不可謂智也。所欲知近道之塗，亦窮於是。

7 與荆南程金部帖

七日來復，德人之慶，願公即入臺省，以福宗社，不獨下交蒙福也。都不恁麽太僧生，盡恁麽太俗生，所以不敢造前，聊具短記。

8 又

德孺知府金部三丈：霜寒，即日伏惟尊候萬福。去歲舍弟來，蒙賜書勤懇。爾後大旆去荆南，遂無從上狀。比貴郡遺老王孝子者到黔中，問得左右動静甚悉爲慰。王老人言：德政豈弟，田里安息，時時弭節禪居，頗有言句傳在浄坊，以爲警策。聞之欣然，如獲瞻對。謹勒手狀。

9 又

附承起居。德孺兄弟才學之美，當翺翔臺省，羽儀侍從，而淹回在外，知者所歎。東川近鄉里，亦便安於私。過家上冢，亦仕宦所樂。伏想下車，中外翕然，無復勤發硎之刃，深味禪悦，親見古人，何樂如之！正輔至京西，得一書。河南通直及蜀掾皆在眉州邪〔一〕？僧耳寂寂，不聞音耗。計榮州之西，猶榮州耳。雍熙老聞有行業，想時接几杖。比得《備物亭頌》，遠想高致，欽向無已。率易和呈，悚仄悚仄！

〔一〕眉州：原作「眉川」，據嘉靖本改。

10 答石南溪書

放逐顛沛，人所簡賤，陰拱而窺三川之塗者，惟恐不肖之塵點辱之也。道出貴部，而軒蓋弈弈，來顧蕉萃，終日不懈，竊深歎服。意此邦鰥寡被豈弟之澤深矣，不有君子，其能國乎！奉别來忽復一月，病餘疲薾，終未復常，以是闕於修敬，乃蒙示書先之，存問勤懇，感愧無以爲喻。秋暑溷濁，似欲不堪，不審尊候何似？伏惟萬福。謹勒手狀。

11 又

雅聞南溪民淳事簡，況君子居之，必有以新其風俗之陋。邑庭清虚，想時與寮佐同文字之樂，諸郎讀書亦有日新之功。某寓舍無等，雖無登覽江山之勝，得一堂亦可粗遣朝夕。來禦魑魅，處此蓋已有餘，他日稍以私力葺之。旁近有禪子道人，欲相從寂寞者，亦蔽其風雨而已。

12 與徐彦和書

太和尉裴安世，如晦之子。其人好學善士，但恐爲吏不堪快健，不稱尊懷，嘗試接引之否？其家有如晦時鈔書及古墨，皆天下之選，可試觀之也。前所寄香，似與小宗不類，亦恐是香材不妙，使香材盡如所惠蘇合之精，自可冠諸香矣，意可尤須沈材强妙。前録意可方去，似遺兩種物，蓋當於諸香後云「龍腦、麝香各三錢，别研」。若果遺，幸增入。更有一鄭康成注《漢宮香法》〔一〕，未檢得，續寄上。雙井似差勝去年，漫寄一甌，嘗試如何。

〔一〕宫：原作「官」，據嘉靖本改。

13 與潘郃老帖

比辱車馬，瞻想風度，殊有塵外之韻，中心竊獨喜，知足下胸中進於忠厚之實，故見此光華爾。得示誨及新文，匆匆中疾讀，已覺沈疴去體，未三復也。蒲圻紙佳惠，亦未暇省録。

14 又

某昨晚得手誨，會以四日院中書成，奏書，沐浴於感慈，日莫憊甚，念作報書及所送紙，皆不能。今旦又相君入院，當亟入，勢未能如郃老所須。但詠五言，覺翰墨之氣如虹，猶足貫日爾。比承懟有司之不知，已草草治行，遂不過我而東，鄙心甚怏怏。此乃學爲舉子之文，徼幸一日既得人爵而棄之者也，豈所望郃老者邪？又恐自有故，不端爲此蚊蚋之過前耳。書囊聊可收道中詩稿，匆匆未及他。

15 又

辱專人惠教勤懇，審村居侍奉萬福，得文字之樂爲慰。遠寄書，屬託深遠爾雅，少加意便當不減古人，甚奉助歡喜也。蘄簟珍惠，比來歲月深，此物漸少也。祖夫人挽詞又未能成，今日來頭痛岑岑，謁告臥家，來人已留數日，恐渠食盡不能待，且遣行，爾後作得，當寓遞。此物輩遇無意無思時，滯端不可强，强成，亦不足傳爾。《懷蘇亭記》謹諾，俟敘本末來也。墨一笏是東野暉，魯人甚尊異之，今亦難得，漫往，可爲公千篇之費。《温公神道碑》市中有板，數十文可置，適令買，尚未來。子瞻論作文法，須熟讀《檀弓》，大爲妙論。請試詳讀之，如何，卻示諭。伯氏尚家居，以代者據位擇縣，至今未遷去耳。知命、非熊比無恙。有十許篇詩，是今春所作，不足觀，因人傳借，有漫字矣，漫送一觀。公書字甚工，然少波峭，政以觀古人書少耳。可取古法帖，日陳左右，事業之餘，輒臨寫數紙，頗勝弈棋廢日，無使筆意，便自有佳處。近見无咎作《慶州使宅記》，大爲佳作，未有别本，有即奉寄。彼土亦有士人可與共此者乎？因書示諭作書，但連一二紙書事，不須屢副，頗似不情。未緣會面，千萬爲親自重。

16　又

辱教墨，甚勤惠顧，相與款曲之意，無日不勤。身在公家，又年過四十，漸不能堪，如此録録度歲月爾。承强學，以祈不辱。此盛德之舉，充斯言也，足以追配古人，文章安足道哉！

17 與頓察院書

某於老兄氣味殊不遠，而音問不往來者二十有五年，豈有世故利害，能變遷曩時頓敦詩、黄魯直哉！然隨食南北，相忘於江湖風波之外，亦法如是爾，又何足言邪！某毁瘠之餘，終無生理，又得罪遠竄，懷寬貸而畏死，恐懼自省，情實可知。道出貴部，意望一見故人，洗濯旅瑣。不謂大旆將王命報塞桐柏，度還期尚遠，負罪在塗，不敢淹久。留記敘情，臨書悵仰。

18 又

入淮安之境，治聲翕然。見别乘道治郡之方，仁厚精密，不鄙其民而教養之，欽歎欽歎！如老兄人物，宜在臺閣，而數補外，此豈人能爲之哉！願坐進此道，百福之來，不可辭也。某區區行李，及晴暖，取道向襄峽。道塗所須，别乘相應副，甚周旋也。聞知令弟及子舍皆不在郡，故不復遺問，幸裁察。

19 答茂衡通判書

某辱手誨，存問勤懇。審王事不至勞動，侍奉吉慶，良慰懷仰。承潔齋向道，日勝一日，非但不肖所畏，當相求於古人中耳。然事親之日可愛，當以色養爲先，不犯靈叟，無不可爲。若沈滯寂空，不卹世諦，則爲不迴心鈍羅漢〔二〕，殊無用處也。弟妹婚嫁略已畢否？兒女幾人，有成立者未？幸一一疏示。蒙齋諸詩，多有佳句，皆自得之言。不肖不復作詩已數年，當奉爲作《蒙齋銘》，别信寄上。未緣款語，臨書增情，不次。庭堅叩頭上茂衡通判宣義道友〔三〕。

〔二〕鈍：原作「純」，據《山谷簡尺》卷下改。

〔三〕「庭堅」句原無，據《山谷簡尺》補。

20 與德之司法帖

午間地鑪太暖，欲眠，即過行香廳西齋，對火觀書，差覺味勝。恨泥潦，不敢屈煎茶耳。絮遂足用，鉛茶碗極煩調護，亦不急須也，醵會待要高使君近信爲佳。「橋山事嚴庀百局」，「庀」音與「庇」相近，百官各司其局之意。黄帝葬橋山，故云耳。「搜攬十年鐙火讀」書，是唐道人筆誤，寫壞兩字。

21 答李孚先判官書

頃蒙賜書勤懇，捐棄漂没，非所當得，但欽佩孝友慈祥之意，不能喻之於懷。衰疾孏嫚，欲作記承動静，水濱林下，兀然輒復終日，報禮曠絶，似當得罪矣。惟君子盡人之情，能忘之耳。舍弟到家，能道起居狀，審比來侍奉吉慶，王事不至勞勤，良慰傾仰！無緣參對，伏祈爲親自重，强學力行，以至光大。謹勒手狀。

22 與子正經勾宣德帖

昨晚幸款語，奉手誨，承旦來起居清健爲慰。所送宣城筆，亦可用，但非其妙者耳。《游浮金堂》詩，舊所見也。《瓶笙》詩不用尋，張昌裔能誦也。

23 又

兩辱垂顧，敬佩不彫之義。恨相從未久，未盡蒙琢磨之益耳。伏奉手誨，喜承官局宴閑，起居佳健。謹勒手狀。

24 答黔州陳監押書〔一〕

奉别遂二十許月，通書不數，懷仰則勤。九月末，屈殿直方送春初所惠書來，皮子皆蟲損。瀘戎往來之人如織，此君乃慢事如此。雖然，亦足觀公於不肖之勤也。承邇來王事不至勞瘁，閤中清健，賢郎不廢學，開慰無量。聞賈使君明快解事，宋悴遂全安，想郡政殊辦。時有歌舞之會對江山否？斌老才格甚不凡，所恨相遠不能取來此讀書，如旁近局促先生，難使之長育人材爾。向嘗干王補之爲公措置一差遣，不意此公遂如此，俟新帥到，試更圖之。不知閤中能令遠來此讀書否？見讀書人椎鈍資質下劣，未嘗不思斌老之明利卓立也。未緣參承，臨風懷仰，千萬清修，不懈自壽。

〔一〕原注：「陳名傑，斌老即其子。」

25 又

承賢郎讀書、作詩、寫字皆日進，甚慰久别之意，恨相遠無緣致琢磨之功。惟深念金玉之質，可惜虛過歲月耳。四十拙鈍如初，但不廢書耳。王補之小疾，遂不起，令人哽塞。觀其意，氣殊未衰，不謂遽止此也。摩圍閣尚掃除否？新雙井數兩，可用蘆心布揉，篩去白毛，細磑，用嫩湯點，可攜就摩圍，煮涪翁井泉也。

26 與斌老書

斌老：累得書，喜侍奉吉慶，讀書不懈。黔中難得師友，惟可閉門自讀書。古人云：

「讀書百遍，其義自見。」惟要不雜學，悉心一緣義理之性開發。但以韓文爲法，學作文字，且不用作時文經義之類。如此等物，若修學成，看太學經義三五日，便可成就有餘也。草書水墨之類，且置之勿作，亦妨人讀書全功。胡斯立清修節行甚美，可與游從，恨渠遂隨計入都耳。《左傳》《前漢》讀得徹否？書不用求多，但要涓涓不廢。江出岷山，源若甕口，及其至於楚國，横絶千里，非方舟不可濟，惟其有源而不息，受下流多故也。既無人講勸，但焚香正坐静慮，想見古人，自當心源開發，日勝進也。今寄王獻之《黄庭經》、張長史草書《千字》，可觀古人用筆之意。

27 又

斌老：夏熱，想侍奉吉慶，别來極奉思也。即日必在孫逢原會學處，此老人勤學穩實，依之爲有理，然常須自存心，見賢思齊焉，見不賢而内自省也。如相聚終日，作無義語及無益事，切自儆戒，勿爲所黨。可惜少年才器可致遠大，一墮此朋中，如入鮑魚之肆，十年尚猶有臭也。偶得楊仲筆，似可用，謾寄十枝。戎州有所須，因書示諭。四十道中廢書，已曬成一崑崙矣。〔一〕

〔一〕原注：「右已見石刻。」

28 與元聿聖庚書

聖庚贊府年家：欽仰問學存心之美，恨相得晚也。辱君子以王事來，不但邑里鰥寡之慶，吾儕得聞緒餘之益，何慰如之！下車未幾，先屈臨慰，藹然在衰削之中，無階致敬，謹勒參候。哀羸，不次。

29 又

某叩頭上〔一〕：子舍進德不怠，恨未識面也。寒煖不節，起居何如？承教，惠示道中佳句，想見京洛江湖之遊，無日不在文字間。曹公常歎盛孝章老大不廢學，今觀公詩，恨曹、劉不相待爾。子舍詩文遂能如此，元氏代不乏人矣，欽歎欽歎！阻面，但有馳情。

〔一〕某叩頭上：原無，據嘉靖本補。

30 又

賢郎議論高遠，與翰墨相稱，想其退而閑居，必有以自樂之也。岷山之水濫觴，及其成江，横絶吴楚，涵受百谷，以深其原本故也。學而知本者，蓋可求師友於書册矣。

31 又

伏奉手誨，存問勤篤。恭審尊候康勝，良慰懷仰。累日獨居山堂，氣體少得蘇息，但時苦賓客擾人爾。惠示手編《元祐録》，頗有所發。前後序筆力老硬，甚激疲懦，且借留傳本。別紙云送示陶淵明畫像〔一〕，未至也。損藜杖，荷扶將之意。白直且不須，缺人亦不敢自外於左右。不伐進學無恙？不果別狀。

〔一〕畫像：原作「書像」，據四庫本改。

32 又

前日諸公惠訪，甚慰幽居岑寂。辱手誨，審起居佳勝。所示歸舟唱和，與雪月争光可也，欽歎欽歎！謹勒參候。

33 又

蒙示先大夫唐詩，調氣深厚，有志於天下，而無公卿之命者也。須鄙文以表於墓，敢不承命。乾元用九〔一〕，天地生物之始，君子思所以與天地參者，其在遠識宏度，進德不怠，與時俱休。某歲前定過海昏，若水太澀，即作乘陸計爾。會面有期，尚冀調護。惠詩不與在西安時同律，豈吏責不繁，又獲山水之助邪？欽重欽重。

〔一〕「乾元用九」句以下，嘉靖本另作一篇。

34 與元勳不伐書〔一〕

不伐足下：相簡願見有日。比承自屈，所見過於所聞矣。書詞稱引，所推擬太高，若某者安能如是？盛意不可虛，辱請誦所從來，而足下擇焉。不肖早從李公擇、孫莘老遊，稍知自重而已。適於四方，得友數公，蒙琢磨之益，僅能不溺於流俗爾。學問既少，記憶早衰，緝綴翰墨，粗能達意。至於作詩，蓋童子雕篆之流，少而好之，晚不能休。而先達蘇子瞻猥見題品，以爲絶倫。鄙心實不堪以爲能，故數年來病眩，因不復作也。若乃見己與道同體，俛仰於萬物之中，而常爲之宰，不肖則安能？自當求於世之有道者耳。雅聞足下父子溷俗而志剛，居今而好古，學問文章，下足以與今之人並時，上足以配元氏之作者。而愀然憂不能，退然謙無有，稛載而乞於垂橐之車，豈能有以加益？然有一於此，今之君子好以文章輕重人，似是千慮之一失，最能溺後生，願足下鈎其深而勿游其瀕也。至於知言行之不二，知至誠之無息，足下不但能言之，願相與講學，推之行事，歲晚望效焉。

〔二〕原注：「勳，聖庚之子，自元祐初從山谷遊幾二十年，終春陵太守。」

35 又

匆匆累日，不能往記，惟有馳想。比辰，伏惟侍奉外，起居勝常。承問學不懈，何慰如之！所作賦殊進，更少加尺寸功，可以横行場屋中矣。賦語要深切著明，不欲一句閑慢。譬如善舞者，宛刻出拍抳爾。吴生與衆工同用筆墨，而獨能妙者，以下筆便能寫物之情性爾。如不伐作詩已探此賾，但舉此加諸彼而已。阻面，故覼縷如此。

36 又

暑雨異常，伏想起居佳勝。所示温公讀書，真是讀書法，涉獵百篇，不如深考一卷耳。《韻對》，平生不喜此書，故未曾有。《御史臺記》希文借去未還邪？納書府杜詩未嘗注，時因所見，疏其上纔數十事耳。所示詩殊清壯，若足下之詩，視今之學詩者，若吞雲夢八九於胸中矣。如欲方駕古人，須識古人關捩，乃可下筆。今代少年能學詩者，前有王逢原，後有陳無己，兩人而已。文章無他，但要直下道而語不犄俗耳。

37　又

辱書，審侍奉吉慶。卑以自牧，君子所以首出庶物者也。精於一則不凝滯於物，鞭其後則無内外之患，胸次寬則不爲喜怒所遷，人未信則反聰明而自照。顔淵曰：「舜何人哉！」隰朋愧不若黄帝。夫設心若此，豈暇與俗争能哉！竊窺足下有强學之志，故及之耳。

38　又

比歲在黔中，嘗以書及桃竹杖奉好時令君〔一〕，承尊公已解官去，書及杖但留雙井舍中耳。淯井劉君既至瀘，渠以官所生熟夷相攻掠，遂以書來，道不能至僰道之意，送所寄書及詩，粲然一笑，如在南山雲巖之間相從也。詩日奇秀，知别來不懈於問學，如此勝進，歡喜無量。想他文皆如是，恨不俱來也。所論家才四壁，應舉蹉跎，貧者士之常，富貴在天，安可以人力計較邪！知寸心不與萬物俱盡，則在此不在彼矣。千萬開拓胸次，以天地爲量，求舜禹比肩，則衡門之下，古人不遠。

〔一〕「時」原作「時」，據嘉靖本改。「令」原作「今」，據文意改。蓋元勳父聿嘗作好時縣令也。

39 又

元明近赴越州司理，匠師在揚州守家爾。知命挾雌將雛下荊峽迎元明〔一〕，未得近音也。文章殊不能下筆，蓋才智與齒髪俱衰，憂患與病又侵其半，所謂吾猶昔人也。有放浪石刻數種，亦可以見其衰颯散誕矣。小子相今年已十七，誦書雖多，終未能決得古人義味。近喜作古詩，他日或有一長爾，未可量也。

〔一〕雛：原作「鄒」，據嘉靖本改。

40 又

辱手誨，審所苦脱然輕愈，侍奉萬福，何慰如之！兩日亦聞尊府當之富水考試，故不敢奏記耳。淵明詩三册，今遣去。《楚詞》校讎甚有功，常苦王逸學陋，無補屈、宋。欲尋一解寫字人，令録一本正文，時時玩之，病未能耳。字説但苦盛熱，嬾。

41 又

每承惠問輒累幅，似不必爾。頃收得尹師魯、范文正、歐陽文忠、謝希深數公，皆可寄千里者，細字一幅爾。既爲相與親密，削去流俗苟相取下之意，又省材惜費之道也。平時讀《前漢》？不審生熟？若未熟，可日觀一卷，并注精讀。有不解者，别以葉子記之，殊勝泛讀失寸陰耳。更慎冷物，及夜中護腹。山間霧氣喜侵人，守身如城，守氣如瓶，乃安樂法。

42 又

累日欲遣人致問，常苦舍中有賓客事。暑雨不穎脱，體力佳否？想侍奉萬福。治行有涯否？紙三種，漫往作草。茶四品，恐須攜向北方耳。山堂對新篁，終日水聲潺潺，殊奉思也。〔一〕

〔一〕原注：「右皆得之元氏家藏。」

43 與馮才叔機宜書

聞大帥出按西融，不審旌旆參幕府否？方此畏暑，道塗亦良勤。宜州人袁端，居處與並鄰，有幹事材，欲軍前一試其能。然聞此行但與懷遠軍城砦耳〔一〕，如此，則用人不多。此人云：「但得達姓名於帥府，他日或聽驅使耳。」其人能否，固不逃於水鏡之前也。邵普義用心耿介，喜讀書，與人有終始，不獨嶺南士大夫中難得也。方欲達姓名，以補麾下之闕，竊聞詣幕府，已有湔祓用之之意，甚喜慰也。河池久不得人，若邵君一振其弊，遠民實受察遠照微之賜。率易冒聞，想大府所患，不得人耳。

〔二〕懷遠軍：原作「懷袁軍」，據嘉靖本改。

44 又

頃頻奉起居之敬，不審皆得徹几下否？承軒蓋從軍中之麾在懷遠，伏想帷幄尊俎，折衝千里，動静勝裕。普義邵侍禁自軍前回，辱朋酒之貺，甚副所闕，承賢郎亦從于邁。盛暑居新城中，亦煩暍邪？某涉夏來幸頑健，伯氏已之南豐，永州兒姪輩近得安問。未獲瞻承，惟有懷仰，伏祈善眠食自重。

45 又

平時於左右之心未嘗不勤，而筆墨不在眼前，又無經過之便，亦恐士大夫之常情，畏竄逐之人音問至前，故極簡闕。比時有親舊求書至門下，輒修動静之敬。惟君子有常度，不以前疏後數爲黷也。盛暑可畏，又師衆聚新城中，人氣鬱蒸，於養生之理倍費調持，不審寢膳勝常否？令嗣計安勝？不肖今年來氣體差勝去年，亦賴各藥裨補衰殘，幸無他也。

未緣瞻望，馳情無已。伏祈自重，以須陞擢。

46 又

伯氏元明恐過冬至當來，道出桂林，計當獲參承也。鄉鄰人太醫王君溉云，於左右有一日之雅。其子秉，宜州以闕使臣，令押金陵駐泊迴，其家方辦嚴，欲向融州居，到桂即望發遣。「幼吾幼，以及人之幼」，想必垂意。恃相照恩如骨肉，故及此耳。

47 與馮當時書

辱書，恩意千萬，審侍奉萬福爲慰。伯氏道出桂林，極荷公父子調護，感刻不可言也。來人懇求歸〔一〕，燭下作此書，眊眊似欲不可讀。點藥數品，幸垂意，一一疏示藥價也。送藥人來，當更寫一卷字去。餘具載熙書言。公字紹先，與名不叶，今奉字曰「當時」。《漢書》云：「無説詩，匡鼎來。」鼎，當也，言匡衡當來耳。古人云「當其可之謂時」，感時不可失也。尚阻面會，千萬珍重。

〔一〕求：原作「來」，據嘉靖本改。

宋黄文節公全集·續集卷第一

刀筆

初仕至館職

1 謝運判朱朝奉〔一〕彦博

不肖於諸公之間，豈不願盗名，恐累足下知言爾。往多故，不作報，度已察。南來拘窘吏事，雖江山相映發，心不在焉，如牆壁間作詩文，與俗俯仰，不足紀録。得顯臣兄弟時持書册來講問，撥置簿領，一解顔爾。承去歲不利秋官，居間當有自娱。即日體力勝否？昨所諭怨與不怨，論事似不當爾。苟志於仁矣，其餘存乎其人，不可聽以一律。《君子陽陽》《考槃》與《北門》《褰裳》同爲君子之詩。夫争名者於朝，争利者於市，觀義理者固於其會。怨與不怨，去道遠矣，莊周所謂「九萬里則風斯在下矣」，足下以爲如何？無階從容〔二〕，合并十詩，仰報盛意，因以當面。願自重，不宣。

〔二〕此篇内容與標題不符合，文字又與《正集》卷一八《答晁元忠書》後半部分全同，疑有誤。

〔三〕從容：原脱，據《答晁元忠書》補。

2 與洪甥駒父

駒父知録外甥：得書，喜安勝。文城、感義兩宅，想每得安問，官下簿領之餘，頗得近書册，邠老相與有日新之益。老舅自夏來，爲外婆時時少不快，極廢學，意緒常濛濛也。中外不幸，益帥行次陝之閿鄉暴疾，頃刻不起，一月來哀痛不能堪，奈何奈何！没以二月二日，二十二日已次水門外普照寺，屢往哭之，每令人欲心折也。適此變故，來人索書，草草作此。邠老且爲道千萬意。某書寄。

3 與徐甥師川

師川外甥奉議：前日直夫行，寄書當已達。即日春氣暄暖，不審何如？想侍奉八姊郡君，進學不懈，小大同福。前吕新婦臨蓐，免身得男乎？因來頗報。直夫以公事牽挽，入城意甚落莫，幸善館待之。親舅唯此一人，雖耆艾，而有少年之過。貴老謂其近於親，豈可責備邪？紙筆謾送，亦未佳，但可供學爾。他日有佳紙，當别寄。洪姊夫過省高，殊可喜，文意超邁，雖中巍科可也。非久當面，故書草草。

4 與秦少章觀

缺然數日，見季共簡《春秋》之論，妄意其如此，豈敢爲必？其趙盾許世子，恐如左氏所傳，是聖人以義責臣子之忠孝，故有抑揚魯史者，故磊磊見於世，不没其實，不計其後，缺剥如此耳。昏夜方侍親老奉玄武君香火，作報草草。

5 與景仁考功

某頓首。昨晚辱賜教勤懇，并惠壑源名品，感佩無量。以來人言當上省宿，不取答，故不即遣記。經昔體力勝否？雙井此一品極嫩，味美，亦安昌侯輩才德爾，且試磑嘗如何？别有一種，亦得日早，然略入湯，不甚熟，味厚。或不喜其太猛，續當遣。某頓首。

6 又

某頓首。天氣差晴暖，奉想體力安勝。畫馬輒以舊詩續其後，不足觀也。所送五輻，今寫得《漁父》數篇納上，可攜似洵仁一觀。

7　與公肅舍人

某再拜。久不獲望履幕，惟有懷仰。驟熱，不審台候何似？法帖前承誨諭，累日匆匆不省識，今遣還几下。某再拜。

8　與潘邠老

南陽宗少文嘉遯江湖之間，援琴作金石弄〔一〕，遠山皆與之同聲，其文獻足以追配古人。孫茂深亦有祖風，當時貴人欲與之遊不得，乃使陸探微畫像，掛壁觀之。聞茂深閉閤焚香，作此香饋之。時謂少文「大宗」，茂深「小宗」，故傳小宗香云。

〔一〕作：原作「昨」，據叢刊本卷二五改。

9　又

頃鑠試城南，到家即奉車馬已南，雖懷仰不可忘，而多故，匆匆才可遣眼，故不能作書。忽辱來教，承侍親郊居，旅而不失其所爲慰。新文辯麗，三復欽嘆。閑處純用日力讀書，不至妨甘旨，此亦人生至樂事。利衰塗割，自可一切放之。公往所作道人詩長句一紙二篇者，持與子瞻，遂爲子瞻所取，至今思之，因來，幸手録一本見惠。如此作，在向來諸人亦難得也。子瞻所作温公神道碑，文極雄壯，後可付去。適冗甚，又家中小大多發温，方調護醫藥，奉狀草草。

10 又

承示諭祖夫人挽詞，謹奉教，不審窀穸當在幾時邪？公所作文甫跋有餘，然每讀之十數過，輒使人恨之。自以作文從來少功，未得所謂。公試讀司馬遷《孟子》《伯夷》《荀卿傳》，韓愈《原道》，求其故，因來示教，所謂方鞭其後，甚善甚善。流俗毁譽雖不足解免，要必有自來對病之藥，莫勉於孟子之自反。承相與致不疏，故及此耳。墨堅劑、軟劑各一丸，謾往。仲良早世，使人氣塞。少康骨氣充實，似可慰其親意。洪源鄭居士子通，趣向清潔，又老於世故，凡與之遊，有霧露之潤也，頗嘗從容否？

11 與王立之承奉直方

某頓首。比辱寵臨，甚惠。匆匆不得款佇車馬，多愧。得手字，承侍奉萬福爲慰。潘家真渠已取去，范蜀公墓銘納上。昨日市中已見蠟梅開者數枝矣。

12 又

頓首。辱教，喜承侍奉萬福。丹砂床雖撲破，竟佳物也，已綴老親鏡帶，受賜多荷也。所求同學，殊難得人，當更求之。蠟梅風味想已能動人耳。某頓首。

13 又

筆十五、墨一，皆自用佳物，以公留意翰墨，故以相奉。研偶留局中，不攜來，他日送上。來日恐子瞻來，可備少紙，於清涼處設几案陳之，如張武筆，其所好也。來日午後亦一到館下。某頓首上。

14 又

如公之明畯，固若瓊枝琪樹，常欲在人目前。特以公私匆匆，又老親常須醫藥，故不能數相見，然未嘗忘懷也。辱手誨，審侍奉萬福爲慰。蠟梅佳句，併荷勤意。二年來不作詩，遂失句讀矣。才自局中還，奉答草率。

15 又

某頓首上。自觀音酌客回，下馬氣未蘇，得手字佳句，甚慰懷仰。花極香，恨日月逾邁耳。明日晁、張欲奉謁，晚當一到繞北園也。某頓首上。

16 又

前辱教，承才元舍人還家安勝，欲遣記問動静，匆匆未果耳。病疽者但有痛處，或有頭，或無頭，但用大瓣蒜，切令厚二分許，貼瘡上。用麥粒大艾炷炙，每炙至十五六壯可換一餅子，極甚者可炙至二百許，但炙勝如不炙也。炙了，與托裏散吃。托裏散用菉豆粉四兩，乳香一兩，極細，每服二錢，新汲水調下，覺熱躁，日三服來不妨。瘡可用追風散洗，龍骨、五倍子二兩，飛礬二兩爲末，每二錢沸湯泡，取清者乘洗淋。洗了，用官藥局雲母膏貼，毒勢盛者日再洗，换膏藥。如壯熱頭痛，瘡根極痛，可用大木薜荔三百葉爛研，用酒一升許攪拌裂，取汁煎一沸，隨宜取盡。未解，再服、三服不妨，雖氣弱人，且去瘡毒爲上。

17 又

某頓首。昨日辱教，并送紅藥，極荷勤懇。適留慧林沐浴，到家已燒燭，故不即上答。天氣頗潤澤，想侍奉萬福。洮研一枚，并屏謾送，來日午後當奉詣。某頓首。

18 又

某頓首。不得面，忽復累日，惟深懷想。驟爾暄燠，不審何如？伏想侍奉萬福。四詩納上，欲候和篇了同納，而數日特冗甚，故未就耳。草率遣此，詩成别奉記。某頓首。

19 又

某頓首。公私匆匆，初無補事，但常不得閑，以此久不果通問。辱教，審侍奉萬福爲慰。得邢襄陽書，道其舐犢之悲，令人酸楚。少年中求敦夫誠不易得。想足下好文喜讀書，又與之有雅故，亦當深念之。人幾日行，告遣至下處取回書。今日適往莊僕，作書多，未及此爾。某頓首。

20 又

某頓首。欲雨，尤濕熱，不審何如？伏惟侍奉萬福。今日以所示書送蘇翰林，即得報如此，今遣呈。《銷梅》二詩遣上，不知園中更當詠到何物也？呵呵。

21 又

頓首。前辱車馬，甚慰懷想。雨氣差涼，想侍奉萬福。承惠教勤懇，感慰。《蘇李道士賦》是去年作，適頭眩，未録得，録得即遣上。匆匆上啓，草草。

22 又

頓首。承惠教，審尊府舍人歸止安勝爲慰。辱存問，感激。掇秋菊之英，亦是佳賞，屬老親比方復常膳，不敢遠出爾。林處士詩甚佳，《碧落碑》無贋本也。

23 又

頓首。今日略到一兩處報謁，即頭眩，遂歸卧寺齋，不知車馬嘗見過也，悚愧悚愧！

辱教，并得新鴨腳以奉甘旨，感佩嘉意至深也。已思得三詩弔惇夫，候公行日寫納。

24 又

頓首。承手誨，送薏苡，極荷勤意。長句清新，讀之灑然。適爲親老數日來脇痛急，意緒極無聊，奉啓草草。

25 又

頓首〔一〕。辱教，審侍奉萬福爲慰。承讀書緑陰，頗得閑樂，甚善甚善。欲爲素兒録數十篇妙曲作樂，尚未就耳。所送紙太高，但可書大字，若欲小行書，須得矮紙乃佳。適有客，奉啓草草〔二〕。

〔一〕「頓首」二字原無，據《山谷老人刀筆》補。
〔二〕「適有」句：《三希堂法帖》第十三册作「適有賓客，奉答草率」。

26 又

頓首。自二十四舍弟没，意思慌惚至今，故久不通問。辱教，審侍奉安勝爲慰。翰林出牧餘杭湖山清絶處，蓋將解其天弢，於斯人爲得其所，然士大夫以爲國家事體不當聽其去。雖然，又有義命矣。承欲往見，當俟道達即奉聞。深衣令小姪遣付。適頭眩，寺中卧，奉報草草。

27 又

頓首。晚刻不審何如，伏惟侍奉萬福。來日定成行否？未成行，别奉啓。

28 與徐彦和

某頓首。前承損惠璺源、蘇合，方在南昌，人事紛紛，不暇開視。及還山中，碾試璺源甚妙。蘇合桴盛，所未嘗見，計與異時所得坩合中者相縣也。感佩佳意，無以爲諭。香法今録上，不知公庫方尚在否？或合得成，令惠一二兩，幸甚。

29 又

頓首。前附隆慶僧人回上狀，并煩調護。刻永明示衆語，計已興工，若早得十數本，帶向北亦佳。所惠香非往時意態，恐方不同，或是香材不精，及婆律與麝不足邪？前録上小宗香法，必已徹几下矣。欲寄新雙井，以山寒尚微，它日別求便。附上石刻數種，謾塵齋中牆壁，不足觀也。

30 與景温都運

再拜啓。伏承拜延閣之命，將漕以寬憂顧，伏惟驩慰。然公勤勞關陝之間十餘年，白髮王事，此未足以酬茂勳也。比諸公稍相知察，伏冀好謀而成，以綏百禄，區區祝願。

31 又

公擇十月五日遂畢窀穸，傷痛何可言，幸野夫在江西調護不爽耳。骨肉在揚，頗得婿丘楫典領生事，甚有意。昨所助錢，即送之云，亦不以爲己費也。

32 又

雙井白芽、露芽各二種謾往，恐關中湯餅之流不能味。公家壑源則鷄蘇、胡蔴合烹之，亦時須此物耳。

33 又

再拜。蚤來草具牋記，道所以不能至館下之故。并送茶，當已達聽下。伏奉手誨勤懇，感慰。先公行録副本已領，所欲乃跋尾邪？俟老親醫藥少間可下筆，并前紙軸寄上。盛暑，小勤行李，願爲國自重。

34 與景善節推

得仲謀書，承以失舉將，不遂遷官。公頗歷世故艱難，當解此物去來矣。不知今調何官？洵仁得安問否？無緣會面，千萬强學自重，當官愛民，以行所聞。謹勒手狀。

35 與李伯時

頓首。適自省中歸，過令親門，問得車馬不至，遂馳歸，已放散從人，遂不可出。他日可約一集，幸爲達此意。適到家，卻檢得《玉潤帖》，不審須未？

36 又

頓首。失晚集，良耿耿，然爾後只約公家集亦好。《玉潤帖》欲換褾，及以淺碧闌之，未及爾，今以爲壽，數日閒上謁。

37 又

頓首。累日不面，懷仰則勤。寒暄終未適宜，不審體力何似？聞公復得一匜，虎形，寧有是乎？張仲謀欲屈車馬到騏驥，云堂陰甚清涼，又有荷花，明亦一往，長者能來否？若來，乘早涼爲妙。謹啓咨承。

38 又

頓首。累日不聞鞭策之音，不審體力佳否？來日欲同无咎、文潛會於啓聖，公能來否？局中飲了便出，即至彼矣。

39 與張仲謀

來日早具素飯，幸屈顧。聞公不以粗糲，欲知竹林齋厨之味，故敢奉邀爾。

40 又

朝涼，伏惟起居輕安。輒具早飯，幸玉趾來屈。斯立、无咎、文潛皆卜齋，故不設葷味，想不以蔬飯爲菲薄也。

41 又

頓首。前日髣髴聞是太君服藥，不甚審諦，不敢遣問。得教，承已安平，甚慰。子列被盜，公宜少補之。天乃苦其心志如此，意當小亨也。明當得面。

42 與衛嗣賢

嗣賢之孫，欲令名書字繩祖。漢衛宏得官書數部，頗得考正古文，冀他日學問可以繩其祖武也。某上。

43 答知郡大夫

再拜。公人回，奉委曲教存問，勤篤至深，感慰。審尊體勝健，縣君萬福，貴眷皆安佳，良慰瞻仰。家書煩頤旨即寓遞，幸甚幸甚。拂衣之興莫更熟慮之否？眼前不可意事，惟大雅之度，俯仰不愧於天人，又何憾焉？尚阻瞻近，曷勝馳情，謹附承動静。某再拜。

44 又

再拜啓。時雪霑渥，蓋出潔齋祈禱，慰滿民望，伏深慶抃。比承卒歲，府廷苦文移堆壅，伏惟撥遣有間，已復虛静。春色妍暖，想府中時有會集。荒壘孤寂，亦有書册足以自遣。河東叔父轉寄到書信，今關納左右。某再拜。

45 又

再拜。客宦不能以家來，官舍蕭然，如寄他人，視之若可憐。伏蒙大雅捐去等威之阻，敦以親親之意，衣被飲食，拊嫗之甚厚，使能忘其逆旅，拜賜多矣。解官善去，實亦出於推奬撫憐，稱謝之言，非可以一二盡也。行日，遠勤使節臨遣南城，塵沙反顧，中心耿耿，平原以遠。餞者復留一日，賓客紛紛，故未能上狀。累日天意欲雨，暑氣煩鬱，不審體力何若？伏惟動止輕安，縣君萬福，諸姑姑安勝，十九娘同外甥無恙。四十七承務必已到家，東牀元禮佳健，除書必已拜命矣。某道中率以四鼓就馬，已初解裝，都不覺暑氣。今日曉及冠氏，來日趨大名矣。遣還安德人，困倦，上此狀極不如禮，仰恃眷憐有素，故爾耳。乍遠左右，不勝下情。伏乞爲國自重，以慰瞻仰。謹上狀。某再拜。

46 答太平州梁大夫

承別紙誨諭，恩意千萬。差人，極荷眷予曲折，北行遂辦矣。朱掾有父兄之舊，其人亦好義趨急難，想被教事，無不經意也。伯氏越州司理，欲相送至府畿，暫寓南禪似便，餘須奉面可既。邑中借書吏作牋，書字欹傾，小大磊磊，不能如禮，伏幸裁察。

47 又

當塗號爲少訟，高明臨之，内外皆得職。宴寢清閑，必常有尊酒之集。湖陰邑中士大夫多可人，又百物價平，於貧家寓食甚宜，寄館近縣，無盜賊之憂也。承存問勤甚，故爾覼縷。

48 又

陳無己蒙朝廷簡拔，豈但慰親戚朋友，於學士大夫勸焉。仁人在位，國家宜數有美政如此耳。

49 答聖與權郡

伏辱書賜勤懇，敘襄賁總角之舊，欣悵兼懷。道出貴郡，遂有參承之幸，何慰如之！夏氣暄濁，不審何如？伏惟簡易清平，從民所願，寢食之味，有神相之。兩日苦賓客，至二鼓乃辦作此，極草草，伏幸裁察。

50 又

竟日得奉緒言，承長者曲敦故舊之歡，不但地主之禮也。旦來，伏惟起居輕安。抵晚遂行，不遑詣別。上狀草草，不宣。

51 答曹荀龍

辱書勤懇，審侍奉問，從容山水，頗得游於文字，慰喜無量。寄惠新詩，知俯仰山川，考合書傳，日有新功，甚善。足下能學問如此，到古人豈復難邪？遠寄鹿脯魚鱐，皆以奉老親，且甚精美，感激感激。又承寄香及筆與小德，此兒頗壯少文，甚愧愛厚也。

52 又

承尊府解官，欣慰無量。比來冀得言面不及，千萬自勉自愛。晁无咎已赴淮陽，想日近得相見，先得合并之願，良可羡爾。俞清老貧悴，未有以振之，真負此愧。而子方邦國有言有守之君子也，豈識之乎？試訪求之。至山陽，可求見徐積仲車同年，此公賢德，其聰明智慮，千人之傑也。

53 與人

南方歲事，雨澤及時否？諸道多不稔，朝廷遣使旁午，未慰旰食憂勤也。聞江湖頗得歲，審爾，訟訴亦應稀簡。郡雖僻陋，君子居易以待時，想能安樂也。

54 與周甥惟深

甥天資甚美，但恐讀書未得其要。觀古人書，每以忠信孝悌作服而讀之，則得益多矣。亦不必專作舉子事業，一大經，二小經，如吾甥明利之質，加意半年可了。當以少年心志，治君子之事業耳。學問當以不及古人爲戒，勿以一日之長繫主司得失爲意，則世間疾苦不能入矣。

55 與孫克秀才

頓首。辱惠顧勤懇。詩已偏觀之矣，詞章清快，易得可學之才也。請讀老杜詩，精其句法。每作一篇，必使有意爲一篇之主，乃能成一家，不徒老筆研、玩歲月矣。酒三樽，謾送去，以沃旅愁。草草，某白。

56 與懷道弟

四十二弟資性甚美，文字亦有筆力，然須得師友琢磨。劉元樂有行義，甚可依。潘、洪諸少皆有文藻，與游必有弘益。正是强學時，光陰可惜也。

57 與宜春朱和叔

細辛爲物，最耐久藏，若有，但見惠得二兩許便足。合老親一藥，待此而成，不審曾爲尋否？市中買到只是馬蹏香耳。

58 答萊州使君

作晚到舍，得所惠教，并煩再置新醖，極荷勤懇。前日承方飲輒惠，甚副服藥之須，重煩乞鄰，亦得來日爲老親祝壽，拜賜良厚也。夏藥亦佩嘉德。庚伏天差可堪，伏惟侍奉萬福。《蘭亭》未到，到即送上。詩刻二本，不足觀，謾往。

59 又

重煩貺以羊麪，禮意過當，何必如此？荷故人之情惓惓，不敢退避，但增愧耳。謹勒手狀道謝萬一。

60 與鄧仲常

不意變故，嘉興郡太奄棄奉養。伏惟追慕抱擶顧復之勤，哀苦何以堪處？日月川流，遽至成服，創痛何堪，奈何奈何！惟以理喻痛，致力襄事。謹問，匆匆。

61 又

承須挽詩，顧鄙句不足以相哀紼，見謂之勤，敢不奉承，數日間當遣上矣。

62 答監使殿直

辱書勤懇，并惠送井泉，荷惓惓之意。某到城三日，賓客人事，幾無貶眼暇。迫行二鼓，乃作此書耳。所須作詩，那復得此暇？望見公書齋，亦自有思，故名齋曰「寸陰」。又所作曉光亭，名亦不雅馴，今名亭曰「闢幽」，其意具别紙。眼花，極草草。

63 與君實仁親

楊華店有土井，清洌而甘，不作土氣。自雙井來，所經井泉數十，皆不及此，惜張又新、陸羽輩不及知也。公好事而有俊氣，希爲發揮之。欲奉煩以五升瓶實兩器，取井傍石十數置其中，令水不濁，青蒻蒙頭。石灰泥送至郡中，早得乃佳。

比欲爲忠父作小字數紙，未暇。然盱眙相望數舍，亦易致達，幸垂照也。

64 與職方大叔

至京一月，未及參拜，豈於左右真爾闊疏邪？初入都，即謀安親之地。既定則病，今日小愈，方試行户庭間，力未能鞍馬也。七兄還家，詳聞動静，深以爲慰。承廪稍不給聚族，白髮勤官，況味尚爾邪？病起力乏，上狀不如禮。

65 與六娘〔一〕

再拜。歲初到家，兩苦癰疽，又賓客無日不在門，故絶不得暇，久缺修敬，惟深瞻仰。春候暄暖，即日伏惟尊體動止輕安，道齋香火精勤不懈，主簿及新婦夙夜率職，孫女長茂。某雖再乞江淮一差遣，比披堂劄趣行，方治行李，爲邐迤江淮聽命之計，非久亦至城下，當候參覲。謹附承動静，願調適平等心以養眉壽。不備。

〔一〕六娘：《山谷老人刀筆》《新編事文類聚翰墨大全》甲集卷九作「六姨」。

66 又

再拜啓。季春極暄，伏惟尊體動止萬福。一向以供職都下，匆匆才了眼前，故不能上狀。每蒙批記，感慰至深。龍姥來，能詳通左右動静。承頗以家事未就緒，多伏枕近湯藥，遠思不勝悚惻。官小食口衆，未能以秋毫助左右，但胸中盤一車輪耳，俟更與六舅熟計之。然人生只如此，唯望以聰明回保安强，以待災去福來迺可爾。無辯可以息謗，無争可以止怨，此最事簡而易行，願留意於此。唯望以聰明回光自照，焚香誦經，勸督齋郎學業以待時，至祝。

67 答佛印了元禪師

某汨没塵中，懷高勝之風，無日不勤。因來，何以教之？

68 與雲巖禪師

頓首。辱手誨，審道衆清肅，四大輕安，良慰懷想。惠示木石碑刻，拙字煩翦校，甚愧。石門閣字，氣象差可觀，題名刻得，石文皺皵，迺似古碑爾。

69 又

承比來微冒風寒，伏想四大已佳，知事竭力，道衆雍肅，當自無惱。未果求益論，但有懷仰。換牌甚荷留意，亦愧不會作客，勞煩主人耳。碑成，若得暇，或遣人往取也。人回，草草。

70 答清隱禪師

頓首。風水淹留，幸得對談麈，殊慰寂寥。二十九日解舟到山下，阻風雨，日相望二十里，極思茶會，顧陰慘，不敢遣人奉邀爾。到星子便承監院垂訪，出先後所惠書，荷勤懇，并維摩香、臺山茗、石刻，皆領，併謝嘉貺。到城下，人事便紛紛，不能如阻風處得閑，作書奉謝良草草。雨寒，想道衆肅雍，多愛多愛！

71 又

寄惠伽陀，大爲佳作，甚有警策也。人事多，未暇奉和。建溪三十，烏盞十，右送清隱，接待四海五湖。

72 與觀音院長老

昨日承訪，別荷勤懇，知參隨者衆，蝸舍不得少延䴵餳，甚媿。早來行李衝雨良勤，既治舟行，想須盤桓雲巖兩三日。拙頌不足觀，謾表意爾。雙井遽索得少許，已不甚佳，謾備乍到煎點。道塗惟冀善愛。

73 與翱大師

頓首。昨病瘧數日，既參告，又公私紛紛，故不果瞻謁。辱教，喜承堂頭氣力安樂，道人爲清衆竭力，甚善甚善。元公宗派固願託名其後，但未曉所欲作序意旨。一二日到寺中，咨問吾兄與承天，方可下筆也。

74 又

頓首。昨曉同款語，甚慰。旦來想日力增勝。判狀納上。

75 答程德孺運使

再拜啓。昨日辱大旆屈臨置飯，因得聞所未聞，甚慰從來。恨行期促迫，不得繼承益論耳。伏奉手誨，審經宿尊候萬福爲慰。今早侵晨出城，不敢遣吏承動静。方此阻遠，願爲國自重，以須進用。謹勒手狀。

76 與人

頓首。來日欲屈文潛過觀音晨飯，午後具數盃，只是斯舉兄弟、邠老兄弟，共六分耳。多得珍品乃佳，或借一庖人就觀音具之。若有鏖鵝盤兔之類，就此煖湯耳。續馳納五千去奉其費，或不足，更示喻。酒已具於此，器用之類，皆資公家也。

宋黄文節公全集·續集卷第二

刀筆

丁憂

1 與洪甥駒父

老舅不孝，天降酷罰，外婆郡太六月初八日棄背。諸孤叩地號天，無所告訴，苦痛煩冤，心肝崩裂，苦痛奈何！冤苦奈何！日月不居，奄經四七，攀號不逮，忍苦未死，奈何奈何！二十一日，七舅來自汝州，兄弟相持，號痛哀絶，奈何奈何！想吾甥少失所恃，比歲數見外婆，今復永失，當深悲苦。幸朝廷恩厚，例外賻絹二百，下本屬應副葬事。今已得五舟，并舉二十八叔母、孫、謝兩舅母四喪歸葬。但以暑伏，未敢扶護登舟，然行期亦不過此月下旬矣。哀荒不能一一，江、潘諸友訪舅存没者，以此告之。不次，某疏告。

2 又

駒父推官外甥：得去十二月十日所寄書，審官下勝健爲慰。近龜父自南昌來，相會數日，文字極進，亦兩得文城委曲，甚安也。老舅哀悴荼毒，扶護艱勤，水行略已半年，經此歲序，哀摧感咽，殆不自勝。今日入分寧界，溪山草木，觸事痛心，奈何奈何！比以雙井舊宅，不能容四十口，十四舅已就溪濱竹間作一宅，可庇風雨。葬事徐圖之，在九月、十月間也。諸事亦稱有無爲之耳。劉四家禍，乃至於此，言之使人動心，今不知遂在何處居也？《咸臨傳》詞采光華，亦足慰泉下之人矣，璧陰日新之功，當不止於此。因來更數寄，頗得暇治經否？此乃文章之根，治心養性之鑒，又當及少壯耐辛苦時，加鑽仰之勤耳。鴻父何婦吉禮在幾時？且留官次否？小舟几研動摇，作書極草草，不次。某寄。

3 又

老舅孤苦病羸，苟活未死，粗能饘粥，以奉堂殯。日月不居，奄經祥練，追慕不逮，痛深屠割，奈何奈何！煩冤荼毒，殆不自勝。重以給事叔父之喪，號痛幾絶，創鉅痛深，加以砭割，奈何奈何！遠承書疏存問，但深感塞。新文寓祭，讀之委涕。無緣相見，訴此痛毒，因人還，草草，荒塞不能萬一。千萬將愛，慰此縣情，不次。某寄。

4 又

某承兩外甥寄惠安康挽辭，悲摧感塞，無以爲喻。大事之期，卜以來年二月初吉，今饗堂陶石之功略具矣。一木一石，無非七舅親致力也。舅疾苦之餘，幸能饘粥，唯苦廢忘，亦是年將五十，不堪憂患耳。駒父、鴻父及此富於春秋，各須强學，要須窺古人用心處，乃可少暇豫也。多病，稍勞即頭眩，書不倫次。某白。

5 與方察院

某叩首。往歲貢院得奉緒餘，初不款曲。還家即苦公私無暇日，刺謁記問缺然，此高明所寄喻，可勿論也。今者遭禍故歸，改葬田里，無緣一望光彩，辱哀憐勞苦良厚，感慰何可勝言！小舟兀傲，紙筆皆不能修敬，恃相察知乃敢爾。

6　與子正通守

道出貴部，幸得承誨語，又辱主人之禮勤重，感服無以爲喻，晚刻伏惟起居萬福。某以悲苦裝懷，不能一請别，謹勒手狀，幸照察。

7　與仲謨運句

叩首。道出貴部，數以鄙事溷煩，每蒙眷憐不倦，感愧曷已。天氣小冷，不審體力何似？區區鄙幹幸略集，舟人以不成程次，來旦乃成行。無緣言面，願加愛重。雙井茶謾分上，適有僕夫自遠來，茶味似可人，故往，但不知此有佳磑否？病餘疲瘵，不次。

8　與周子文長官

叩首。比因家弟從君子游，頗聞風旨。罪逆餘生，大病幾死，無緣參詣。昨日飯飽，攜小兒女扶杖經行，偃息江濱主人之舍，仍蒙顧存，不得曳杖奉迎。晚歸聞知維舟之所，瞻望甚邇，凶粗不敢前。他日江上，卜解后林下葦間。謹奉狀。

9 與焦君明

叩頭。罪逆餘生，苟活未死。護喪道出貴郡，凶釁無緣望履幕。伏蒙慈哀，特垂祭奠，弔問勤懇。孤苦之情，感塞摧絶，謹奉疏稱謝萬一。哀荒，不次。

10 又

比辱寵顧勤懇，無緣參詣。霜寒，承體力勝健爲慰。石研爲船下壓疊，未可見，三兩日納上。洪州兵級三十人祇候請米已數日，或得分暇一給與，幸甚。

11 又

昨晚薦辱垂顧，極荷眷予之勤。舟卒請米，已嘗面禱，想爲留意。

12 又

兩日不得面，車從出至開先萬杉，想殊有樂事。天氣晴暖，不審尊候佳否？嘗須《夷齊廟碑》，今録上，鄙惡不足觀也。匆遽上狀，草草。

13 與晉甫

叩首。冬暖而雨，天氣未佳，不審比來何似？伏奉牋記累幅，禮數過當，雖懷戢勤重，然甚悚仄，不敢承也。比以舟楫未治，淹留，意緒殊不佳。遠承津遣開濟行李，非仁哀孤苦，安能如是？欽服高誼，大不可言。

14 又

不肖於公家伯仲有一日之雅，又德占家復聯瓜葛，徒以未嘗得望履舄，故不能一通記問。今者遭罹大故，護喪西葬田舍，道出貴部，茶然凶粗，無緣參候。伏惟豈弟之政，田里所安，縣齋虛閑，寢膳宜適。哀苦癯瘠，雪寒手凍，上狀不如禮，伏幸痛察。

15 又

四順湯法，今詳録上，大概欲藥材精耳。舟次風雨，賓客不可少駐，清暉閣大是佳處，但風寒爾。煩指麾借簾數間遮映前後，更得兩青條則足矣。鄙事溷高明，悚惕悚惕！

16 又

損惠賜茶，感刻。送酒，香味極佳。從來苦都城厨醞味如稀餳，不謂步兵奇醞乃出大旆之下，細酌風味，如對清論，欽羡欽羡！

17 與閻伯仁

叩首。昨日幸得面，少慰馳仰。已約不再謝，閒居想難得車乘，幸勿出也。雙井白芽半斤許，頗新香，謾入經室，以助静緣。願坐進此道，以觀芸芸。

18 又

叩首。適蒙致奠，實深哀感。掃榻久矣，不聞跫然，想閒居猝不能致鞍乘爾。楚州杏仁，此邦玉泉，皆云是其良，想杜門亦賴此陶寫，故謾往。遣人負轎，冀能一臨耳。

19 又

早辱訪別，勤甚，哀憐孤苦病羸，意深厚矣。恨行李匆匆，不能求教款曲耳。又煩卹及饘粥，致伊蒲之助，感不可言。

20 答人

某叩首。即日不審孝履何如？伏惟尚能支持。某昨以八月出都，至盱眙大病幾死，殆不能勝喪。幸出大江以來，即無恙，然風波處處淹留，百憂所會。正月八日乃至雙井，山川如昔，觸事隕心，奈何奈何！到家得所惠書，存問勤篤，感慰無量。旅櫬即次已二十餘日，賓客未閒，撥忙作此狀，極草草。

21 與德舉宣義

叩首。罪逆餘生，苟活未死，扶護假道，辱地主之禮甚厚。不肖之孤，哀摧感塞，雖欲稱謝，無地寄言。别來日欲作書，以近鄉里，處處賓客來弔祭，略無暇日。以正月八日到家，親賓至今未閒，雖懷仰不忘，未能近筆墨。蒙存問勤懇，大慰馳情。比承太守已到官，想王事不至勞勤，體力勝健。哀悴之餘，得還里舍，長守墳墓，未有參對之期，惟冀若時自愛。

22 與人

叩首。不孝之行，負於神祇，不能即死，禍延所恃，奄棄奉養。叩地號天，無所告訴，煩冤荼毒，肺肝摧裂，不孝罪逆深蒼天。山川悠遠，撫護艱勤，日月不居，遽復改歲，追慕不逮，痛深剥割，奈何奈何！伏蒙慈哀，遠垂弔問，悲摧感塞，大不可言。孤苦病羸，餘生無幾，待盡朝夕。謹奉疏稱謝萬一，哀荒不次。

23 又

某叩頭。罪逆餘生，苟活未死。伏蒙慈哀，曲垂弔問，悲感之情，摧絶不勝。凶粗無緣參詣稱謝萬一，馳嚮而已。午刻，不審尊候何如？謹附承動静，哀塞不次。

24 與本州太守

某孤陋寡聞，在廷不見比數，雖獲同舍，未嘗得望風采，切懷願見之心舊矣。罪逆孤苦，死亡無日。伏承大旆來鎮鄙州，未委溝壑，猶託庇焉。越在衰削，無緣修桑梓之敬，切惟高明鑒此哀悃。

25 答何斯舉

某叩頭。孤苦病羸，苟活未死，僅能饘粥，以奉窀穸。幸以中外之助，二月初吉獲畢大事，迄茲無悔。惟是永失慈蔭，無望顧復，煩冤荼毒，肝肺摧裂，不孝奈何奈何！伏蒙慈哀，存問勤懇，悲摧感塞，大不可言。復承惠示頃所作詩，每篇皆有佳句，哀悴之餘，頗以慰釋。惟不徒見於言，載之行事，立則參於前，坐則伏於几，乃爲得之耳。未緣會晤，惟有馳情，千萬爲親强學自愛。

26 又

江黄州遂至於此，令人氣塞。中間雖見邸報，不悉季共護喪向何所，今定如雍丘邪？承季共毁瘠，甚可念。朝夕作書寄遞，但此既在深山中，寓書四方，未必達耳。

27 與李德叟

二妗太君，伏惟履此春和，尊候萬福。蒙哀卹存問，不勝悲感。某兄弟罪逆不死，幸畢先孃孃大事，日待盡於墓次耳。此亦粗能饘粥，不煩憂念。外家多故，只使人氣塞。伏想白首懷道，能照世間煩惱根本，自得輕安，以享子孫之福禄。白苧一疋，頗精膩，恐可以作道服。白曬荔枝二百，謾送下。茶輕瀆，恐悚。六姨安樂，想侍奉不懈，持齋誦經，暫能平喜怒也。麥穗一疋謾寄，所謂千里鵝毛也。

〔附〕跋前書

某少從學外家，張夫人飲食教誨之，有母之道焉。食貧，隨官南北，盛德未報。往得罪棄於黔州，而夫人捐館舍，不得盡哀於銘旐之前，未嘗不隕涕也。何仁表之妻出舊書，讀之愴然。崇寧元年九月甲申，繫舟樊口題。

28 與張和叔通判

叩首。罪逆餘生，苟活未死，大事永畢，哀痛無已，不能數書，歲中亦三四寓遞示諭。自得南康書後，不復知安否？更煩公遠思。又十三妹憂煎不可言，相望數千里，此情何以堪也！四月初時，託轉運司寓遞，計必得達。入夏來，不審宅中尊幼皆佳否？齋郎及兩晏郎婦各常得安問左右？兒女皆長茂？楊家時得書否？大娘令人不忍思之，奈何奈何！承合肥闕不遠，稍向南來，以爲慰。或聞野夫舅恐得合肥，不審何以處之？某頃在淮南，雖一大病，然至江上即能飲食，今雖差瘦如昔時，色力大都不覺衰悴也。卻是元明居喪來，絶葷酒，初甚癯悴。既畢大事，心意稍寬，將息得甚完復矣。給事叔奄過小祥，傷痛傷痛！宅中幸無它，常相見，但十八新婦時時服藥，未得脱然安樂耳。十三妹切勿憂家中，人生但且自保安樂而已，無事時惟看經可以寓意。三嬭修行應更勝進，九嬭、念四嬭逐日念經聲不輟也。未緣會面，臨書隕涕，千萬將愛。書或不達，慎勿憂煎。不次。某叩首上。

29 與運判大夫

某叩頭。秋暑未艾，不審尊候何如？南方下濕，夏秋來不病風土否？歲氣豐稔，度諸郡亦少事，未出按部否？小人致力墳墓，尚能饘粥。荼然苴絰之中，無緣參侍，曷勝懷仰。伏祈調護寢膳，以須陞擢。某叩頭。

30 又

孤苦病羸，苟存視息，以奉大事。私門多故，叔父給事又棄昭代，創鉅痛深，加以剥割荼毒之情，實不可堪。以是欲作記承動静，心意憒憒，臨紙輒廢。伏惟高明忠厚，能略細故。未緣瞻近，曷勝馳情。謹勒參候。

31 與聖弼〔一〕

叩頭。承邑中積弊之後，事須裁割，想游刃有餘，即日就緒。某村居，草木薈翳，伏承旌旆屈臨，存問之意甚厚，慰此煢獨，感服無以爲喻。秋晴頗復暄暖，不審體力何似？惟四郊無事，侍奉萬福。茶然凶苴，無階修敬，不次。

〔一〕聖弼：原作「聖粥」，據《山谷老人刀筆》改。《别集》卷一八有《與朱聖弼書》。

32 又

伏承手誨，審雨寒侍奉萬福爲慰。風雨之旆，當至興化，衝涉良苦。回騶能少駐，謹掃榻奉俟。不次。

33 又

日月川流，忽復季秋改朔。霜露無依，待盡草土，時節往而不反，追慕慈哀。書疏存問，恩意千萬，悲摧廣塞，大不可言。哀羸茶然，不得請於將命，謹勒手狀，不次。

34 又

經過得款語，甚慰。幹務鎖碎，曲煩調護精密，非篤於親舊之義，安能若是？感佩不可言。寒霜，即日想王事不至勤勞，頗得暇近書册。時發朝夕於此相聚，頗躭禪悦，使旅人忘懷也。尚阻參承，千萬珍重。謹奉手記。

35 答唐彦道

某銜哀墓次，祥禫奄欲除盡，日月如流，悲慕無已。永失顧復，長爲窮人，奈何奈何！損惠粉麪，繼此飯蔬，拙於生事，貽親戚之憂，愧感愧感！山居，粗了大事，略不成生涯，無佳物可謝來賜，祇增愧爾。謹勒參候。

36 又

相與爲瓜葛，臭味既同，又託肺腑相親屬也，何故方復以圜封長牋爲賜邪？爾後願得手誨數字，貴可數也。適以大事初畢，虞祔復土，累日乃辦。數年隱約田里，無緣得面，少聞緒言，臨書增懷。頓首。

37 又

承示南園石刻，鄙文拙字，豈足傳遠，徒有多愧爾。石刻鐫模頗可人，但墨蠟功不至耳。

38 答朱時發

叩首。不得款語，忽復歲盡，多病多故，不能數書，惟有馳情耳。孤苦病羸，每承問訊勤懇，感激感激！比審尊府在瀘南，令弟已赴太平，茭橋閒静，有以自處，甚慰。前辱寄運土木，極爲用，多荷多荷！黄柑亦佳惠，但不若蔞蒿爾。因人到馮家庫時，帶得數束蔞蒿來，乃佳。多事奉記，草草，千萬爲道自重。

39 又

承喻曉老頌，極荷琢磨之惠。曉不能引弓自射，蝕月之心不死，所以不能以法供養，延至十方明眼兄弟，求安樂法，遽自退席，亦無利益。因果歷然，一切心造，老夫不别時機，按牛喫草，乃是道眼不明耳。但世諦中有如許事，若拈卻膩脂帽子，脱下狐臭布衫，豈足更顧惜也？所云四果仙人惑衆，得非通城燒香薰客者乎？聞但勸人誦經燒香耳。若然者，亦不足深咎也。

40 又

承手誨，示諭慧林老人報緣傾懷，雖蹉過一著，然心如木石，行如冰雪，豈可多得？亦是叢林後生薄福耳。《七佛》等偈并送，又《大通真贊》同往，此正是雕鏤虛空耳。

41 又

洪源鄭居士子通趣尚清潔，又老於世故，凡與之游，有霧露之潤也，頗嘗從容否？因以公之所餘，賙其山居之乏，甚佳。渠雖無求於人，士大夫自當動心也。元明及諸弟姪亦奉承動静，近圓兄行，各已作書矣。兒女輩幸各著糟撇，煩存問，多感。令嗣讀書必勝進。

42 與宇文少卿伯修

某頓首再拜啓：秋初舍弟入都，哀悴之餘，未能堪事，上狀極不如禮，計得徹聽下。初冬霜寒，不審尊候何如？事方叢委，責成於禮官者多，應報亦少勞否？中叔同舍諸禮官多佳士，想亦可樂。某以艱故多病，九月之末方畢給事叔父葬事。歲中一再，財力俱困，又病餘，氣息茶然，未能造朝，方欲乞一宫觀養二三年，未知蒙聽察否？尚阻瞻承，臨書懷仰，謹附承動静，不宣。

43 又

伯修名實甚美，回翔省寺之日久矣，獨無除書乎？惟知軒冕若寄者，宴處超然，繕刀而藏之，及試用，則若新發於硎矣。不肖自頃顛頓於大故，一病幾死，又失夷仲叔父，二年來生理欲盡。比雖勉從吉服，摧毁實未堪事，尚冀偷日月，裴回墓次，不知諸公能見憐否？若有問及不肖，幸一言致之〔一〕。

〔一〕幸一言致之：原作「幸致一言之」，據《山谷老人刀筆》改。

44 又

循之、遐叔、景謨，相見幸爲致懇。哀悴之餘瘦茶，强以作書，腕幾欲廢，以是未能修問耳。

45　又

輒有鄙事，溷煩高明。小姪樸，年可從仕矣。自須以先親服藥累年，繼以遭罹大故，家事悉廢調護，奪其學問光陰多矣。今當遺調官，慮銓試或齟齬，輒欲令預一挽，即不審可得否？如可，即託考功裴仲謨投一家狀〔一〕，得報即遣入都矣。鄙瑣溷瀆，愧不可言。

〔一〕考功：原作「孝功」，據《山谷老人刀筆》改。

46　與伯充團練

某頓首。毁瘠餘生，幾無人理。日月川流，既見素冠，不忍遠去丘壠，裴回里中，復見改歲。春夏以來，奔命不暇，度長者已得其曲折，故不復言。自日至來止陳留東寺之淨土院，一室明暖，容膝有餘。相望無一舍，恨不得款語爾。霜寒，即日想侍奉萬福，謹附承動静。

47　又

昨日得雙井之東臨溪陽崖一桐，頗有歲月，偶爲霹靂所僵。比有一士人能琴，雅善古今制度，爲作一琴，甚善，欲得玉徽。成就之念，非公不能垂意於此。今令舊吏持徽模拜呈。細事數溷公，愧不可言。

48　與頓敦詩察院使君

某再拜。大溈禪師慕喆，今四海宗師之領袖，聖諦世法，皆徹源底。其人亦專漠然，但感之則聲氣和矣。奉詔乘驛住上都智海院，聞參隨亦止八十許人矣。念貴部寺舍或不能容，若不與范敦夫相妨，還可掃除行衙，聽寄一日否？若可，須委掾丞輩調護牀薦之類乃可，諸餘不須也。此道人但爲與世俗儒者不同，要之人物高勝，士大夫間不易得也。度老兄處之必有理，謾喋喋耳。某再拜。

49　答孟易道傳通判

某再拜。禮部之某，於今九年。某哀毁之餘，幾無生理，以是與中朝士大夫音問不通。今得罪遠竄，道出貴部，流人永棄簪紳，又多病，疲於行李，幅巾直裰，非參謁之服，故不敢先書。乃蒙謙厚，過賜牋翰，恩意千萬，感服無以爲喻。逆旅無佐書吏，不能作牋，謹勒手狀，伏幸痛察。涪州別駕黔州安置黄某再拜。

50 又

某再拜啓：屈故人車騎來臨，甚寵。負罪在塗，不獲一修敬賓次，懷不自安。重承垂諭，就館置食，并延親黨，恩意千萬，感激無以爲喻。屬以在江南先病脚氣，時作眩冒，不能久對尊客坐起；又欲因親舊還都，遣置家中書信，以故不得承重意，惟有感愧爾。君子盡人之情，不待覼縷。謹勒手狀，伏候裁察。

51 又

某再拜。清旦重屈車騎，敬佩嘉德，何日弭忘。伏承手誨勤懇，惠示《清德頌》及敦詩使君新記，伏承欽歎。所差白直，適已押到，甚强壯，可道塗也，感服感服！謹勒手狀。

52 又

某再拜。流人遠逐，世所賤簡，道出貴部，辱公故人之意甚厚。三屈車騎，不能一拜，辱知公能見察也。天氣尚小寒，不審尊候何如？方此阻遠，惟有懷仰，千萬珍重。

53 與元熙使君

某頓首。旅瑣在塗，困石據藜，邂逅得見君子，慰釋無量。願以一面之雅，顧恤不忘，惟有感刻。辱手誨勤懇，饋以旅食，良荷眷眷之意。貘皮甚佳，殊愜所欲，價直凡付來使，少頃詣別。謹勒手狀〔一〕。

〔一〕手：原無，據《山谷老人刀筆》補。

54 與君玉主簿

叩頭。辱手墨存問勤懇。風色稍和静，審自公安勝爲慰。損麫甚惠，客寄淹留，勤地主，祇增愧爾。今日以先君遠忌，就正覺飯僧，來日當上謁，或遂奉别也。

55 答睢老

久欲一至東菴，以哀苦臞瘁，又多賓客，故未能爾。得手字，存問勤懇，感慰。損惠珍饌，極荷，但愧俗人虚食信施爾。知來日參告，因過舟次，幸垂顧。

56 答臻僧正

叩頭。辱手字，審霜寒體力安勝爲慰。損惠伊蒲珍饌，極荷勤懇，但深愧俗人虚受信施爾。凶釁無緣參詣，謹奉狀陳謝萬一，不次。

57 又

辱惠書，乃知先山主順世，聞之驚嘆。然淑善眉壽，不病而化去，又得孝順子孫奉後事，可以無恨也。

58 答東林長老度公

叩頭。前年冬，開先瑛老自廬山轉寄到所惠書及筍，極荷故人之意。田里間既不接人事，又多病多故，因循不作書至今。惟林下故人，不以書疏數爲意勤怠耳。冬春來雪，寒異常歲，不知湖外何如？即日伏想四大輕安。道衆安此岑寂否？未緣瞻承，懷仰無量。偶便作牋，極草草。

59 又

叩頭。伏辱賜書，審道用輕安，夏衆雍肅，甚慰懷仰。未間，以道自重。

60 答羅漢南長老

章侍者來，辱賜書累紙，存問勤懇。審住山安穩，道衆同此孤寂，何慰如之！疏示先雲居始終事迹，亦當勉强作塔銘，適多故，未能下筆。計中冬夜長，可親鐙火，必辦兹事。法相成於慕道，檀越亦欲作數語，併俟少暇。區區既從吉，方從人事，更須費月十日。未緣瞻承，謹勒參候。

61 又

寄惠先雲居語録，謹以分送同聞此道者，誰不贊嘆？輒作真贊數句。磨礱鈍鐵，刻鏤大空，豈有勝理邪？聊示向道之勤爾。切見七月七日上堂語，可謂克家之子，不墜正宗，亦以數句助哀，取笑取笑！

62 與芝上人曇秀

叩頭。頃在維揚辱垂訪，亦見晁无咎道翰墨句法之美。然此時大病幾死，殆不省識。忽辱惠書敘曲折，乃釋然耳。查公蓋前朝名士，游揚文公、王文惠公之門，參禪學道，有氣息者。然此僧堂記，恐尚有首尾耳。承寄惠瓦鑪湯藥，珍感珍感！雙井一小蔀，謾助菴中平等煎耳。未緣會面，惟向道自愛，不次。

63 又

頓首。辱書，審秋來道用輕安爲慰。惠示六偈，詞意閎麗，可以秀於瞿曇之林，不孤貴字也。中有數字未甚安，如美玉之瑕，既得傳遠，輒加琢磨，不見罪率易否？今并《東坡贊》及鄙夫所作書一軸奉呈，可刻之圓通，蓋模刻者易爲功爾。尚阻面語，謹奉狀。

64 又

叩首。辱書累紙，恩意諄諄，特以翰墨中相知邪？某衰悴之餘，未能堪事，方欲請一宮觀以養病，未知蒙聽察否。今當用十月之吉焚黄於先壟，賓客事方紛紛。咋者兩大葬，皆有朝旨下所屬應副。又當扶病上府謝諸公，計得少休，在中冬也。萬一不得所欲，治舟而西，三月間或待林下相尋矣。多事，極草草。

65 又

頓首。辱書累紙，旨趣高勝，甚慰懷仰。寄惠黑龍涎、白蓮湯，皆佳物，珍感珍感！録示諸人文字，得聞所未聞，欽佩欽佩！所須手録小字，謹諾，適爲發數處書，未得暇，它日可奉寄。示喻米元章書，公自鑒何如？不必依蘇翰林玄論也。春氣妍暖，諸山經行，想可樂。尚阻會面，惟加愛。

66 與覺海和尚

不得侍巾拂累年，哀毀之餘，不能數通書記。今者比來被旨待罪於府界，不得問訊左右，實深懷仰。伏承四大違浄，侍僧久勤湯藥，不審寢食何如，尚可堪忍留幻説法否？瞻望丈室，謹勒手狀。

67 又

某數年在山中究尋疑處，忽然照破心是幻法，萬事休歇，方悟十餘年間，時蒙敲點提撕，慈悲無量。當以此實相義，於無盡衆生界中示本來法，以報恩德。匏繫於此，不得聞所未聞，惟深瞻仰。不審邇來寢飯何如？伏想覺海澄圓，惺惺圓寂，無去來相，而幻質火風之法必壞，又須安排得著所在。古人云：「亦不鬅頭，不須澡浴，一堆猛火，千足萬足。」無根樹子，又要千百人擎拳作甚麽！二十年巍巍堂堂〔一〕，雖八萬四千寶塔分收舍利，未爲分外。然把定法堂，留此幻法，費他十方常住。今聚頭種子動念，兩兩成債，亦是大寬小急。願更於世諦中垂方便，千萬千萬！

〔一〕二十年：《山谷老人刀筆》作「三十年」。

68　與秦世章文思

承誨諭沙頭宋、樂二公，可幹僦舟之繂。適得書，已得舟，行李略備，更不尋得此二人也。所諭韓、鄧諸君，皆未相見爾。到必葺僧舍中寓止，徐欲傍山作小菴，并數間寮舍。亦欲置數畝田以爲飯，又欲以二三百千記一人家，月供數條，便可足三四人爾。徐徐更作書，煩執事爲區處也。有蜀人師範上座，是大溈侍者，欲得渠入蜀來，且黔州同住菴數年。聞範在城中開碑未了，告令人尋逐投此書，亦望渠一報也〔一〕。即將親隨一人耳。秋涼後，謀般取兒子及一乳母來，亦止四五口爾。不煩大第宅，但欲作草菴，前爲三間堂，繞菴作五六間寮舍，貯茶藥及兒子房耳。子才十二歲，生事不須多便有餘，但不能作市井事爾。有數畝田，則免煩在仕者供饋。有人供三五千，則免煩内地親舊割俸爾。公試爲籌之。

〔一〕「亦望」句下原注：「缺十九字。」

宋黄文節公全集·續集卷第三

刀筆

黔州

1 與秦世章文思

舍弟叔達將其仲子及所生，并護兒子相及其乳母，附蘇伯固宣德船，自蕪湖登舟，不得道中一字。然計亦無它，止是年少忽世間事耳。範上座奇士也，長沙釋子輩多不解其所知，唯不肖乃深知之矣。九月初已得荆南關牒，僧師範判憑入黔州，然至今未到，切料渠多病，亦不甚遠行，處處僦人肩輿，故邅迴耳。某黔中尚未有生計，方從向聖與乞得開元寺上園地，高下兩段，既募兩户蔬圃矣。年歲間亦須置二三百房錢，貴悠久不陷没耳。每煩開諭千萬〔一〕，極荷恩勤，然平生未嘗作市井商販事，又未至寒饑，遂且過歲月爾。富人設見助，亦不欲受之，古人所謂「予惟不食嗟來之食，以至於斯」，伏想深見察也。

〔二〕諭：原作「論」，據《山谷老人刀筆》改。

2 又

令嗣云到涪數日，即治裝向侍傍。適有賓客會食，作書草草，幸照察。舍弟在涪州已數月，比欲歸，適秋雨江漲，未能來，計十月可到此。小兒稍能誦書，性質頗樸戇。亦買得園地，它日令就黔州應舉，爲鄉人矣。承垂意翰墨，已刻法帖後記，摹刻甚工，但不知法帖石幾時得到黔中耳。《華嚴合論》承已幹置，此非小緣，印成，請三兩看經僧徧讀，點撿得業無重複脱漏，則方爲成器。若早得來尤幸，不肖與範上人若爲公看數徧，可不孤法施之心也。所助脩華嚴閣五十千則未須，且留與黔中諸人結緣也。向解元還鹽井已數月，亦以渠老親多服藥。然數通書，每承問遺之勤，顧未有佳物爲報，所謂「子女玉帛，則君有之」，「其波及晉國者，君之餘也」。

3 又

比舍弟知命攜小子相、小姪相，并兩兒母到黔中，獨處客舍一年。得骨肉在眼前〔一〕，少慰岑寂。又女子已嫁，諸兄弟姪各赴官，可以忘念。承存問曲折，故及之。十六舍弟在麻陽，必時得參謁。渠極老成，幹公家，如蒙顧盼，感刻感刻！道林琳公相見否？與有十年之舊，因見爲致意也。今歲秋暑異常，不雨欲一月，草木皆有焦色，父老亦云，久無此旱矣。然江水時濁漲，計思、費、夷、播間亦得雨耳。

〔二〕眼：原作「門」，據《山谷老人刀筆》改。

4 答京南君瑞運句

頃者某竄逐奔迸，就親友沐浴補綻於荆，以罪人在塗，不敢請謁。乃兩屈車馬，恩意敦厚，勸戒以防患洗心。平生未嘗得侍，而情如骨肉，它日深念之，何以得此於左右？豈君子之於人，望其表而識其裏，真以爲可教邪？切佩服苦口之規，於今不忘。日者又蒙賜教，長牋累幅，且名以師保，内訟缺然，尤不敢當。多病昏塞，眼前記一忘十，以是不通書於几下，又閲歲矣。伏惟君子盡人之情，知四罪之地，無嫚人之嫌。謹附承動静，且謝不敏。

5 答黎晦叔遲

頓首。自頃數辱惠書，大概三四拜賜，乃辦一報。足下不倦益勤，惟好學求友之心不愧古人。顧不肖捐棄漂没，來禦魑魅，不得復齒於士大夫之列，足下何求而勤若是？自視歉然，愧不自勝也。人來，復奉手誨勤懇，喜承履春安勝，良慰懷仰。山川悠遠，瞻對無階，千萬强學珍重。

6 與張叔和通判

知命七月半離蕪湖，今已百餘日，都不得一字。然蘇伯固備嘗險阻艱難，必能調護諸兒，令得所。又張遇得力，遂不復置念，計止是處處阻風爾。元明到彼，必不能久留，且能道黔中曲折，永嘉及二十二可以放心也。九十三外甥多謝頻寄書，不怪老舅慵懶不答書否？所問黔中畫，極可笑，僧舍塑象及壁畫，皆似此山中人物，作蠢苴之態〔一〕，雖往在端、康間，風俗亦不陋於此也。但比施、夔間，卻多瓦屋。梗楠豫章〔二〕，千尺之材，倒卧澗壑，與歲月共盡，蓋絶無工匠到此。修數間屋，百方搜訪，方得完葺也。更深夜静，共伊商量如何？某上。

〔一〕蠢：《山谷老人刀筆》作「蠢」，非。蠢苴，猶邋遢。本書《别集》卷一一《論俗呼字》：「蠢苴，泥不熟也，中州人謂蜀人放誕不遵軌轍曰川蠢苴。」

〔二〕梗：原作「梗」，據《山谷老人刀筆》改。

7 與人

頓首。久別，得解后款語，欣慰無量。切觀道學沈深，文章爾雅，但歛衽欽嘆耳。沙頭之別，已復深夏，懷想何日不勤？金鑾劉居士，數得相見否？林下之友，近復得誰？此道極難得龍象徹底之見，今時例皆如此。若欲知曹溪正宗，四稜著地，平常穩實，惟有余洪範得之〔一〕，下人不精，不得其真。願少留意新詩，想復多得佳句。何時一握手？臨書增懷，千萬爲道自重。

〔一〕余洪範：原作「余鴻範」，按此本他處多作「余洪範」，今改。

8 又

頓首。别來忽復三年，每與範道人嘆仰學問才德之美，恨水邊林下，獨不得公耳。《詩》云「如金如錫，如圭如璧」，「如切如磋，如琢如磨」，常竊觀公所由所安，不愧此詩也。但不知别後能數從余洪範研究新羅不了公案否？世間萬事日進，則崇成於功名之會，惟此事日退，乃安樂爾。所惠詩極見爲學日益之功，欽歎欽歎！範道人言公須鄙詩，前年冬偶寫得兩卷，謾往。雖此物輩，要須得無功之功，乃得妙耳。太平闕在幾時？久不得來音，意已赴任，此書或不相及，託元叔求便附達爾。江山數千里，臨書馳情，願坐進此道，則常相見。

9　又

頓承惠香，極清淡可喜，每與範道人同之耳。比來絶無香材，時時焚降真。甲煎淺俗〔一〕，零霍虚躁，非主人深静，不能調制此物耳。聞元叔苦瘡瘍，遂平復否？焚香何不見寄？如王所獻天女，惟我能受，可以與我，呵呵！

熟觀《新羅後録》，乃知此老人跳出青州老人《華嚴》可漏子，甚不易得，惜乎不見南方二三尊宿耳。尋作得序子，亦念與範公，因循不曾録出，遂復忘卻。兩莊客既淹留餘月，忽煎迫行，朝夕如不可過，又適病眼，故未能追録，因書當寄太平耳。

〔一〕煎：《山谷老人刀筆》作「籛」。

10　答唐彦道

蒙惠示舊文一編〔一〕，三復增歎，詞意邁俗，逃空虚藜藿而知有寵珍，少加琢磨，當不愧元次山矣。然以牋敬墜賜，非敢承，白首懿親，何以方復如此？爾後但得惠賜手筆數字足矣，幸蒙痛察。

〔二〕編：原作「篇」，據《山谷老人刀筆》改。

11 又

某壅蔽蠢愚，捐棄漂没，未嘗得望幕下之履，惟是事賢之心，何日不勤惓惓。且因將命自致，謹奉狀。

12 又

比因三家作酒皆美，以飲客，因作三頌，謾往一笑。有《金桃》《椶楫》二頌，熱倦未暇録也。王廣道有舉業，言行有常，可喜人也。言欲游富義，謁入關齋，欲倚公一言爲重，如何？

13 答從聖使君

數年來絶不作文字，猶時時作小記序及墓刻耳。近作《王全州祠堂記》，非久録上。至於詩不作，已是元祐五年中也。伏承問斯民之豐樂，頗與僚佐吟醉泉石間，欽仰風流，恨不得追陪耳。有數篇樂府，謾録呈，新舊相半。彼營妓有可使歌者乎？此乃有三二人亦可教，但病懶，又不飲，亦少味耳。

14 又

此邦茶乃可飲，但去城或數日，土人不善制度，焙多帶煙耳，不然亦殊佳。今往黔州都濡月兔兩餅，施州八香六餅，試將焙爆嘗。都濡在劉氏時貢炮也，味殊厚，恨此方難得真好事者耳。

15 與周達夫

頓首。頃見範道人稱説宴居深静、參禪問道之意，恨未相識。元叔家莊夫來，蒙惠教勤篤。審在諠常寂，即事契理，得清閑氣味甚深，良慰懷想。聞元老親到黄龍菴頭，入室脱穎，打卻舊來杜撰禪，深爲之喜。此賢用心堅密，亦料渠當究竟此事，猶恨未遂往宣城耳。若得見泐潭文公、雲巖新公、西堂清公，百鍊椎下鍛，方得與古人同一甲爾。範公於此相從十八月，不知歲月之過也，以受業師死而歸。聞嘉州淩雲有疏勤請，若被煎迫，往往復游此來也。田端彦今在荆州否？無緣會集，臨書增嘆。千萬爲道珍重，深味禪悦，便求無功之功。觀元老昔何以不足，今何以足，若醒去，不浪施功矣。

16 又

頓首。葛亮來，蒙書勤懇，感慰無量。但聞元叔之訃，令人嗟惜，久不能平。鄉里故舊門，如元叔之好事特達，不可得也。所示行狀，情味曲折，謹掇其大者作銘，又載其餘於祭文，不審如此可中外親黨意否？元老胸中落落，既深涉世道，業當自進耳。端彦高人，每想其風采，恨未識也。李家太君懷長子之悲，不易處情，想仲良、季康必能念亡拊存，極甘旨之奉。無緣會集，臨紙悵仰，千萬珍重。

17 又

頓首。辱書，審道心堅固，氣力安樂，良慰懷仰。承去歲失内助，於世法中，何可堪忍！然苦海中終無了期，想不忘範公之言，更加精進。元老聞已解官，何時可到家，得近音否？未緣款曲，欽想無量。數日熱，珍重〔一〕。

〔一〕珍重：原脱，據《山谷老人刀筆》補。

18 答王觀復

頓首。某去國八年，重以得罪，來禦魑魅。抱疾杜門，屏絶人事，雖鄰州守官者，或不知姓字，如是者三年於兹矣。忽奉來教，乃承官守在閬中，雖寡友朋，藏修游泳，自放文字之間，此亦吏隱之嘉趣也。蒙不鄙昏耄，遠寄述作，璆琳琅玕，森然在列，如行山陰道中，風光物采，來照映人，顧接不暇。後生可畏，反視老拙重遲，甚羞愧也。承索鄙文，豈復有此？頃或作樂府長短句，遇勝日，樽前使善音者試歌之，或可千里對面，故往手抄一卷。無緣會集，求琢磨之益，於不肖有所聞，不外教戒之。

19 又

頓首。承惠寄先公贊善詩稿，伏讀增歎，雖相與昧平生，而風味可想見也。所欲跋尾，固不敢辭，然壅蔽昏塞，初不省先公世出名字，無從下筆。有銘碣之類，因來乞一通，他日當以佳紙，使諸生輩善書者寫本跋尾去。儋耳道人佳句，固所願見，手録寄示，劇知足下不同流俗，欽重欽重！長蘆三偈，不愧古人之作者，此所以困窮流落者歟？凡足下所作文字詩句，皆有追風之逸氣，於今良不易得。文章以理爲主，而足下之文理亦勝，少加意經術，便爲不朽之作。老大亦何冀，之子振頹綱，足下勉旃。春寒，良食自重。

20 答雍熙光禪師

頓首。某棄捐漂没，不當行李，林下水濱時，顧影一笑耳。二年得範道人於此，日聞所不聞，不知老之將至。範公歸筒池已數月，初不聞人道般若名字，忽得王老持所惠書來，隋侯之珠，和氏之璧，燦然滿前，不獨蓬藋柱宇，鼪鼯同徑，而聞足音跫然之樂也。兩州佛法淡薄，王老道公動静甚詳，又知東川主人是内外護喜無量。真浄老師吹無孔笛於廬峰之下，四年未有和者，然每得安健之音爲慰。餘事王老能盡道，不復云。千萬珍重。

21 與曹使君伯達譜

再拜。經宿，伏惟起居勝常。灑掃江閣，以須長者常許辱臨。食罷睡起，幸命駕來嘗鑿源一杯，敬聽車音。

22 又

拜手。虚屈干旄，來顧幽谷，槃箸疏索，於今爲愧，乃蒙簡畢道謝，益增愧赧。喜承尊候日來輕安。飯後詣舟次，謝不敏。

23 又

再拜啓。伏承手誨，分惠荔子，色香動人眼鼻，誠與山煙溪露俱來，乃知夔峽荔支已勝嶺南。珍重眷與之意，無以爲喻。

24 又

拜手。承連日在告，不審尊候無他否？夏至前陰氣争，君子節嗜慾、定心氣之時，願加調護，以受中和之氣。前日見，甚欲分茶盞。此一隻乃紫毛琴光，琴光則宜茶也，就日中見紫毛。已有金作釦，且納上。

25 答逢興文判官

頓首。伏奉手誨勤懇，承按行諸砦，衝冒風雨，備嘗險艱，因留攝領黔江。人安精敏之政，想至則卧閣觀書耳。即日積雨開霽，人情舒泰，伏想起居輕安。方阻晤言，憑書增歎，思角黍之期，以日爲歲。

26 又

頓首。黔江風俗雖陋，然鷄魚雁鶩，亦足盤箸。粱米有黄白二種，不減北方，想亦可居，但難得麪，亦想覺盤箸索漠耳。非久交印，想須到城中盤桓，幸承緒餘也。

27 又

頓首啓。車馬到城，元不得款語，行日蒙訪别，不得追送。閒居林泉之上，有勝日，未嘗不奉思也。伏承手誨，存問勤懇，并惠芰實，良荷不遺之意。雨後小涼，想邑中無事，居處安樂。何時東來，瞻遲馬首。謹勒手狀。

28 又

專人辱手誨，審起居萬福爲慰。承閤中亦嘗失調護，喜遂康和也。賢郎癰腫已平未？亦是天氣亢沴，故有熱者先得之耳。若藏府秘滯，可用犀角丸與痛疏利。犀角丸只用炙甘草一兩，生大黄一兩，樸硝一兩。先治甘草、大黄爲細末，研樸硝相和，煉蜜丸如梧桐子。初可十丸、二十丸，漸加三十丸也。温熟水腹空時候服，得大府流利，則癰自衰殺。

若頭痛焮熱，宜消風散。蓋膿結不潰及惡肉不盡，可煎竹瀝，下蘇合香丸。如此治，無不差平矣。寄惠蜜及芟實，皆嘉惠也。聞公殊清貧，得無數爲左右費邪？數舍阻面，惟有懷仰，千萬珍重。

竹瀝法用竹，此方人謂之斤竹者，三二寸者皆可。二尺許截斷，中破之，以磚兩口，相去一尺安定，鋪破其上，如仰瓦狀，兩頭各用碗盛，就竹下以茅火急燒，竹瀝自流入碗中。候竹乾，又换新竹。各得半碗許，新絹濾去火炧，可服兩丸藥矣。治癰疽、脚氣，惟竹瀝爲上藥也。適彭水令尉訪及，乃云病癰者是二歲兒，則若不可用許多，斟酌極少與之，却可多與乳母服。

29 又

頓首。多日不果修問，天氣差涼，伏想邑庭虛静，頗得安閑之樂。今日見公移，承以疾在告，不審無他否？謹承動静。

30 又

頓首啓。伏奉手誨勤懇，審邑事不至煩勞，起居輕安爲慰。高使君想到城即交印，冀朝夕得奉緒餘。謹奉手狀。

31 又

頓首。奉别忽十餘日，懷仰無量。即日霜寒，不審體力何如？寄惠棒椎，極濟所乏，感刻感刻！貳車受命已累日，云過興龍即行，計車馬必到城，與韓、趙同行也。見南老，爲致意。

32 又

頓首。昨日奉書草草，當已徹呈。伏辱手誨，審履長納慶、尊候輕安爲慰。旦夕參謁，謹奉手狀。某再拜。

荆團糖纏俱少，蓋知命處之失宜耳。送寄麥狀，極荷分湯餅之憂。

33 又

興文：未及别啓，輒附此承動静。送荆公詩編已收。雨雪中度瘦驢涉嶺良不易，想到縣少休息，民事不至雍閼，時得觀書把酒也。且切戒南老少飲爲佳。少女、老翁苦樂不同，不如擁衿獨卧，自保白頭安樂，飽飯煎茶，婆娑永日也。張波若笑此爲痴語，但恐黠兒口偏耳。聊寄此，如三人相對一笑也。

34 又

頓首。辱書勤懇，審履春多慶爲慰。蠟已領，極荷留意。承行李已發黔江，道途泥滑，良不易。聞今日當到城，瞻對有期，欣慰無量。謹勒手狀。初九日，某頓首。

35 又

頓首啓。伏承手誨，審車馬以施州之役，因邑事蹔過家，又得少親餘論爲慰。盛暑在道，伏惟衝冒勞勤，謹承動静。

36 又

奉手誨，喜承經宿起居輕安。樂府輒改定數字，遣上。

37 又

天氣稍寒，今日遂成行否？已具飯，幸早命駕。向文字草，且檢示，他日或要，卻送。

38 又

頓首。黔江之政，盡無間言，蓋願中之以不倦耳。夫子廟已成就不？傳看邸報，大府之常事諸人，但不甚更練，故畏縮手耳。瓦子謝垂意，顧以鄙事慁長者爲愧。麈尾亦謾及之，或得亦不須，宅中時來須藥。聞郎君甚清勝也。王忠州聞江津之禍，酷極憂悴，殊可念。

39 又

頓首。經宿〔一〕，不審台候何如？承趨裝有日，即今可過此共不托一杯否？想數日在告，事務略已集，臨行亦無他幹矣。

〔一〕經宿：原作「輕宿」，據《山谷老人刀筆》改。

40 又

頓首。還家想亦少得休息，莫有懷不滿意者否？今日燒沐，可來濯去故年鈍悶塵垢，因共一栝野菜糟薑飯也。

41 又

頓首啓。軒車自黔江回，首辱惠顧，仰愧不棄之情。抱病杜門，不能修謁，既荷相照，故不復多道謝耳。雪寒，累日不審起居何如？比遂不尋夜過地鑪之約，豈亦乍到，文墨未就緒，又貳車走馬相及，故倥偬邪？·謹啓，承動静。寓舍中或闕器用，不外示諭。

42 又

頓首。累日疲於尊俎，良不易。使客去，想復料理簿書，摘發逋滯，亦未即得暇耳。伏承手誨，喜體力輕安。南老須茶，因人當送。向聞比頗躭酒，不解茶，故不再送耳。

43 又

頓首。累日不果承動静，惟有懷仰。辱手誨，審尊候輕安爲慰。過此閑談，舍弟又遠出，幸同過永日耳。早來聞説食殽中闕醬，偶忠州致數器來，遂有餘，今往一器，非公厨醬之比也，呵呵。

44 又

經宿，伏想起居輕安。今年進奏吏遂不以曆日見及，恐有分諸吏者，可買一本耳。

45 又

曆日已領，重煩惠教，悚仄悚仄！得暇復過此烹茶否？

46 又

頓首啓。奉手誨，宿昔起居輕安爲慰。分惠洪杜新芽，感刻感刻！許垂顧，謹拂榻奉俟。

47 又

再拜。比蒙賜書，并送蜜，極荷勤懇。方欲求便上狀，昨日又辱手誨，并送二鐙檠。細事慁煩，承不厭斁，感愧感愧！軒蓋今日當到城，何慰如之？謹奉手狀，馬山鋪迎候前騶。

48 又

頓首。奉手筆，審經宿安勝爲慰。惠酒極副用，得無以乏事，聊分節物，感刻感刻！許晚刻見過，謹當具粱飯寒漿。

49 又

頓首啓。早承訪別，又未有朝夕望顔色之幸，良耿耿。晚刻，不審體力何如？竹枝本納上。來日絶早成行，過此共饡飯一甌乃行〔一〕，不遲也。

〔一〕饡飯：原作「鑽飯」。原校：「鑽飯當作饡飯。《楚辭·九思》：『將大折兮碎糜，時混混兮澆饡。』又陸游詩：『未論孛餅與饡飯，最愛紅糟并粔粥。』考字書，饡音贊，以羹澆飯也。」據改。

50 答宋子茂

頓首。去北都，於今垂二十年，不復知行李所在。忽得所惠書，乃知官守在瀘南。仕宦間關，遠去鄉里，度亦以吾主人高明可依也。觀書詞敘述，知不廢名教，甚善甚善！知命前往涪陵視嗣直舍弟，近方略到家，猶能道碑樓下相從也。非熊不幸早世，嗣續不立，此心不可言也。因來書語及，愴然久之。某老矣，虛中饋已十八年，小子相今十四，并其所生母在此。知命亦將一妾一子相同來，今夏又得一男子曰小牛。相及小牛頗豐厚，粗慰眼前。略治生，亦粗過。買地畦菜，開軒藝竹，水濱林下，萬事忘矣。無緣會面，千萬進學勉官業。

51 與達監院

頓首。昨覺海和尚化緣盡時，意謂必得相見。既而到正月寂然，亦想在遠方山林中，不即知耳。去年得圓公書，乃知淹屈助華嚴。此寺雖密邇帝城，而車馬罕到，若完容得，亦是道人蕭散處，但不知衆緣合否爾。春暖，即日佛事不易，因王慧先回，附承動静。

52 又

當日不肖初被謫命，萬里茫然人，不知黔州在何處。問王慧先，欣然便肯送行，意常念念。留此苦口教誨，不甚向前學佛事，但寫得字差浄潔，院門或可作供申耳。當時亦洞山邦老、香嚴敷老諸人，憐其能遠來，他日欲助渠僧緣，試更鞭辟，或可作出家人，亦可助其初時一念爾。某頓首。

53 答瀘州安撫王補之

天氣差涼，即日不審尊候何似？伏惟樽俎折衝，蠻夷安業，百福所會，有神相之。江山之勝，想僚佐多佳士，有以宴樂之。某憂患之餘，癯瘠未復，鬚髮半白，學問之氣衰苶。惟是自斷才力，百無所堪，已成鐵人石心，亦無兒女之戀矣。無緣言面一笑，聊因筆墨，以通傾倒之意。守倅皆中朝士人，相待甚厚，爲幸不細也。存問勤篤，故覼縷及此。

54 又

謫官寒冷，人皆掉臂而不顧，乃蒙遣使賜書存問，勤勤悃悃，恩意千萬，感激無以爲喻。俸餘爲賜甚惠厚，頗助衣食之源。但愧拙於謀生，一失官財，以口腹累人，愧不可言。某兄弟同庖蓋四十口，得罪以來，勢不可扶攜，皆寓太平州之蕪湖縣，粗營柴米之資，令可卒歲。乃來伯氏授越州司理，小姪樸授杭州鹽官尉，皆臘月闕，可分骨肉相養也。某比葺江濱一舍，粗可禦寒暑，已分長爲黔州民矣。長者未歸朝廷，自此時可修問。謹奉手狀，不能萬一。

55 又

黔守曹伯達，雖戚里子弟，文雅有餘，遠蒙采聽推薦，不肖實與受賜，傳君春首必蒙湔拂。黔州監押劉薦，本儒家子，廉節而曉事，聞左右亦知其爲人也。師載困於簞瓢，承惻然念之，仰見不忘平生之義，古人所謂「觥飲不及壺飧」，要及其倒懸時耳。舍弟挈兒子來，得到荆南書，言非久亦來。伯氏及諸弟各已赴任。蒙恤問，故及之。

56 又

某閑居，極欲省事，不能數假借公吏，遂闕爲問。老眼昏澀，作書亦甚率略，伏恃高明照察底裏。施黔作研膏茶，亦可飲，謾往數種，幸一碾試，垂諭如何。江安尉李偳觸事機警，若以道御之，可令辦事，伏望照察〔一〕。

〔一〕自「施黔作研膏茶」句以下，與《别集》卷一六《與王瀘州書》之十四末段全同。又自「施黔」至「垂諭如何」一段，《山谷簡尺》卷上另作一通，末有「庭堅再拜」四字。

57 又

扈縣想時得安問。見省榜，得第二郎君姓名，奉助懽喜。此猶未見賜第之書，度必取巍科也。季子學問必有日新之功，想更激發〔一〕。示喻唐道人稱述小子人物，愧悚愧悚！小子相今年十四，骨氣差厖厚，讀書不甚費人鞭策，但義理之性不甚發耳。過荷齒記，故具之。

〔一〕「季子」至「激發」：原無，據《山谷簡尺》卷下補。

58　又

都監劉君於此相從，在公家相調護，始終不倦。承冰鑒照遠〔一〕，獲預薦章，不肖實亦受賜。

〔一〕冰鑒照遠：原脱，據《山谷簡尺》卷上補。

59　又

伏辱不忘，弓戣爲野人床敷之具，蓽門圭竇，燦然增輝。乾餘甘殊佳，生者悉已敗，甚惜之。他日或見賜告，止付江安尉，説與調護之法甚詳，并託渠作數字，附客舟到涪陵尉舍弟叔向處，得不壞，時與林下道人煮茶，乃是要物。某自夏中得舍弟攜兒姪至此，生生之具不乏矣。過蒙恤問，欽佩至意。

60 又

昨承拜命，爲夷夏借留明使君，嘗具手啓，道忻慶之意。聞體力輕安，鬚鬢殊未白，此大慶也。某受性蚤衰，已成一翁，尚能飯耳〔一〕。無緣言面，臨書增情。

〔一〕耳：原作「食」，據《山谷簡尺》卷上改。

61 又

施南守張仲謀，蒙論薦甚厚。其人有智慮，與人不忘久要。九月初遂不禄，三十年交舊，爲之痛心累日。幸其子好學有立，扶護東歸矣。黔中守高彦脩，清慎不擾，少時嘗應數舉，自保州都監得此差遣，亦蒙湔拂，并見别紙。亦歸之不肖，殊荷眷與之意。

62 又

宋詵者，舊在北都，嘗與不肖經席，不見甚久，意其可教，想於左右有夤緣，乃得備使令耳。劉公敏蒙掛齒牙，幸甚幸甚。鄭宣到黔中，獨以不賄，誠終此節，官職當稱其姿相也。既不賄，又不生梗，想可備驅策。

63　又

寄餘甘、茘子，極荷遠意之重。甘雖微損，到黔中分諸僚，皆尚有味，有數子未嘗識其生者，甚以爲珍也。茘子雖肉薄，甘味亦勝黔中。細事慁高明，辱垂意周旋，曷勝感愧。雙井今年似火齊太熟，味差厚，謾分上，來遠不能多也。磑之法，皆擇去茶花及小黄葉，以微潤布巾搣去白毛〔一〕，略焙之乃磑，其出磑如麪如雪乃佳耳。大率建溪湯欲極滚，雙井則用才沸湯，治擇如法，則不復色青味澀。

〔一〕布巾：原作「布中」，據文意改。

64　又

知命舍弟昨過涪陵官所，流連十餘月，所將侍童遂生男，名小牛，近方挈歸。小牛白皙魁岸，含飴弄穉子，亦可忘老。小子相年十四，小字四十，頗庬厚，不輟讀書，但義理之性未甚發。數蒙齒記，故具之。

65　又

再拜啓。春末被旨移戎州，謂計日可參候，故不復拜狀。而多病就醫藥，所至淹留，凡三易舟[一]，乃得及此。比來不審尊候何如？暵旱得雨，想少慰憂民之意。某捐棄漂没，衰病慵惰，久在林麓，已無衣冠，但有幅巾直裰，野人之服，恐不可造公門，謹勒手狀承動静。

[一] 凡三易舟：原作「月三日易舟」，據《山谷簡尺》卷上改。

66 又

昨於魚洞僦一大船至戎，舟行不甚覺暑氣。至此無可以累左右者，所幹止於薪菜魚肉，舟中人自可辦也。但欲僦一閒寂僧舍中沐浴，并治二三種湯藥，備小兒輩乍到僰道，或不能其水土耳。比聞雷州行遣，雖不深知其故，要當相與淡淡，於義乃安。

67 又

欽想風流有日，邂逅獲奉緒餘，少慰歸往。不肖放蕩林泉間，已成寒灰槁木，尚蒙長者過當愛護，使立於無悔之地[一]，敬佩嘉德，無以爲喻。重辱手教，存問勤懇，感激感激！區區來日遂行，無緣瞻望，唯冀爲國自壽，以須陞用。

[一] 地：原作「立」，據《寶真齋法書贊》卷一四及《山谷老人刀筆》改。

68 又

黔州監押陳傑供奉，謹於法律而幹敏曉事。有子年十五，俊秀强學，在儕輩中千人之一也，或有驅策之地，願少垂意。雙井今歲制作似勝常年，今分上白芽等各五囊，雖在社後數日，味殊勝也。磨時須洗去舊茶曬乾，乃不敗其香味。懲江安之水敗，故以陶器往，到便可略見火也。

69 與瀘州少府

頓首。放逐之餘，多病早衰，久在林麓，不復能衣冠，遂廢人事。過辱不遺，左顧舟次，衰疾不勝煩暑，出卧火雲，不獲迎展，墜留珍刺，伏觀悚仄。無緣瞻望風彩，但引領耳。謹勒手狀道謝，不能萬一。某頓首。

宋黄文節公全集·續集卷第四

刀筆

戎州

1 與東川提舉先狀

伏審提舉太博肅驅使節，來按屬城，凡在指揮，以喜以懼。某永投魑魅，猶托光輝。伏惟久患脚氣，拜起艱難，不獲躬詣前道祇候參迎，下情無任皇恐之至，謹具狀申聞。謹狀。

2 與東川提舉手書

啓。季冬極寒，伏惟提舉太博尊體動止萬福。即日某蒙恩，衰疾所嬰，不能衣冠，無階參覲，下情無任望風瞻仰之切。謹奉狀起居，不宣。謹啓。

3 與戎州新守先狀

右，某伏審知郡崇儀肅驅使節，將次郊圻，凡在部封，孰不欣慶？某棄投魑魅，猶托光輝，下情無任喜懼之至，謹具狀申聞。謹狀。

4 答瀘帥王補之

損酒、醋、蜀紙、真珠粉、乳餅，皆領。每以口腹所須累長者，感愧無已。西州紙乃有極佳者，近方托人置得二千許，然不知其孔穴，亦難置耳。唯魚牋、厚經屑、冷金、浣花、大小屏風爲佳品，比常市者其價略倍也。酒、醋極爲用。此州公厨酒大概常薄，甚則酸澀，民間時有可飲者，不免少村氣耳。乳餅亦佳，此富順、眉州易得，但多入米易酸。真珠粉自是食中有風味者。某所作荔枝湯，擘生荔枝肉，别貯其自然汁，以水解白沙蜜，漸入和合，令味相得，即并荔枝肉上火煮，減半，以瓷合貯之。計客數，人一勺。又令入湯小半盞，煎沸，用紗囊盛龍腦，先撲熱盞，乃注湯。餘甘湯：餘甘用一種大如李、皮皺肉黄赤者，沙盆中微擦去皮，乃以摩薑汁鉢細摩，人用水半盞，四人用炙甘草一寸同煎。久之，亦用龍腦囊撲熱盞，乃注湯，大率人不過餘甘一枚。真珠菜浄濯去腥氣〔一〕，入葱白數寸，椎薑一塊，椒數粒，沸湯綽過，研五味虀醋，食之甚佳。 椶花剥去皮及莖幹，取成塊者湯中煮，令熟，煉虀油炒令香，下葱、薑、椒、醋，水相半，煮沸，微加鹽醬，甚美。 比治二種菜，食之殊佳，謾録上。

〔二〕「真珠菜」以下，《山谷簡尺》卷上另作一篇，當是。

5 又

拙字不足觀，辱過情之譽，增愧。 令姪紙卷輒寫去，一笑耳。 此所居寺甚陋，比於舍後作槁木寮、死灰菴，前後相當，差明邃。 日與嘉州在純上座及唐道人同齋粥。 向所苦心痛不作來六十餘日，覺飲食復似黔中時，但腳氣不除，時有頭眩，膝下痛。 但妨讀書及拜起耳，於參道日向百不會者，不爲大患也。 蒙眷憐之厚，故具之。

6 又

頃承損惠五米、六酒、四醯，舍弟經過，又煩濡沫。 公養孤恤貧，推惠甚博，不肖每累公憂其簞瓢，悚仄悚仄。 到戎一年，雖未有生資，然萬事隨緣，少欲易足，家人亦能忘貧耳。 蒙左右眷憐之厚，故及之。

7 又

再拜啓〔一〕。得雨，秋氣明爽，伏惟燕處萬福。見所賜家弟去月晦日書〔二〕，悉得日用輕安，處進退之際〔三〕，意慮歡然〔四〕，惟有欽歎。承治行日就緒，何慰如之！雖瞻候未卜，而數聞君子之音，欣慰無斁，謹奉手狀承動静。謹狀〔五〕。八月初四日，庭堅狀上補之安撫明使君老兄閤下。

家弟蒙賜手筆甚勤重，欽仰盛德，何日不懃。繼當作記，奉承動静。庭堅再拜。

〔一〕啓：原作「亟」，據《山谷簡尺》卷上改。

〔二〕去月：原無，據《山谷簡尺》補。

〔三〕「進退」，《山谷簡尺》作「炎涼」。

〔四〕歡：《山谷簡尺》作「淡」。

〔五〕「謹狀」以下原無，據《山谷簡尺》補。

8 答王雲子飛

頓首。前日遣諸兵還，寓書當已徹齋几。即日暑氣益侵，不審何如？伏惟侍奉熙慶，退食敏倚，日用安吉，子均、子與相從講學，有日新之功。子茂所領甚冗，亦得暇時來近文字否？但恐樽酒謔浪，費日多耳。某比無他，得舍弟到眼前，甚慰。兒輩亦隨緣令讀書，不欲迫迮之，平生自不得此物秋毫力耳。自此欲屏筆研，開藏經。或未數書，千萬珍重。謹勒手狀。

9 又

頓首。不敢率易作尊公書，因寢門問膳，爲道小人區區。舍弟到家亦多病，未能作狀也。閬中進士鮮澄自源，自閬中來相過，留此兩月許。其人知書，有以自守，某之友王蕃觀復，今爲閬州節推，亦稱其家居擇友，不妄與人游也。遠來困於旅瑣，欲謁薪水之資於瀘州，不知士人中有哀王孫者乎？

10 又

再拜。雨後民氣稍蘇，物價亦小平，頗以爲慰。伏想即日侍奉萬福，治行當已就緒。比因成瑣江人奉伯仲書，必已徹几下耳。盛天錫諸孤已向趙市否？累日欲作書承安撫公動静，陰晴不常，夜中取冷太過，晝則憒憒，似此竟未就。至於懷仰之思，與迹殊不類也，度必蒙見察耳。匆匆復通萬一。

11 又

再拜言。君子不幸，先公安撫使君奄棄明代，聞問驚怛，不能處情。地陷天崩，永失依怙，攀號不逮，肺肝摧絶，荼毒痛楚，何可堪任，奈何奈何！日月不居，亟更弦望，追慕無冀，觸事隕心，罔極奈何，孝思奈何！某抱罪裔土，身不得前，無緣扶服奉慰，謹奉疏悲塞。

12 又

承欲寓居襄鄧間，漸謀生事，似未安也。以不肖所商，不若且止荆南，荆南士大夫家頗有知義者，以歲月買田築屋，使幹者以舟上峽，稍稍化居時物，似爲有理。至都下雖有二十二驛，其實半月從容可到。聞幹故未集，尚須久留舊治所。前已託劉奉職道鄙意，餘朝夕更奉書也。居喪哀爲主，而濟之以忠厚則無悔，摧毁太甚，亦不可以獨爲君子，千萬以理制情。

13 又

尊翁團練盛暑，伏惟起居萬福。因問寢，幸達區區。承齋寢損膳，以憂不雨，惟至誠感動天澤，必已霈然耳。盛推官逆旅之間，禍故如此，使人駭歎悲塞，不能爲心，非賴盛德之庇且覆溺，不可知矣。二女長成，若且了得此二事，其餘皆易措手。揮汗臨筆硯，書畫不如禮，故不敢上狀，伏幸裁察。

14 又

庭堅竊聞尊公團練忽被旨罷瀘州，計須待監司交割，乃得解印。亦聞僦民舍遷止，甚善。然盛暑又江漲，水陸皆不便，不審即日治行之策何如？幸垂諭。所寄紙軸及尊翁所要《蘭亭》詩，子予紙軸，皆寫畢，不欲付此獠卒。初二日密上座決行，並託調護去，並作書承尊公動静，及附子均書也。

15 與甥王霖子均

頓首。天錫泝流，凡得三書，今猶在成都，所將物已有所付，但事未集耳。往書軸出於草草，不足觀傳後，他日有佳紙，當爲作小行書數幅也。適作書多，臂中欲作隱痛，書不能一。

16 又

人來，不得書。承小失調護，良耿耿。想瀘南得雨後差涼，所苦亦已平。表姊太君萬福。天錫家禍如此，閑處思之，猶不可堪，何況親當之者！承已權窆，必如法，然聞其家大小尚未寧，夫人又欲便歸，聞之惻然。不知十九娘之婿遂能如期來否？宋三十七亦解事，更丁寧之，當此艱勤，亦是人種陰功時也。府公非次罷歸，賢不肖誰不嗟惜，然此豈人事哉！此公老於世故，存心忠厚，有器度，必非久困者。今西方須人材，未必不因此出旋渦耳，但恨不得一往見。盛暑既不可登陸，水行又防江漲，計須少從容爲萬全之計，及行尚可三四奉書也。秋暑能病，千萬爲親自重。某頓首。

17 又

承體中多不快，亦是血氣未定，時失調護耳，少年人例多如此。某二十四五時，正如此病，因服兔絲，遂健啖耐勞。今寄方去，蜀中難得細粒兔絲，至荆南便可得也。

兔絲子淘擇浄，焙乾，稱九兩，準一勝。用好法酒，不用煮。酒一升，浸三日許，日中曬，時時翻，令瀝盡酒，薄攤曬乾，瓷器貯之。每日空心抄一匙，温酒吞下，久服不令人上壅。服三兩月，其啖物則如湯沃雪，半歲則大肥息矣。覺氣壅，則少少服麻仁丸可也。往歲常傳此法與京西李大夫，其人服不輟，昨任祕書少監，與同省，啖物作勞如少年人也，已七十四五矣。

18 又

兩辱書，承表姊太君存問誨諭，恩意千萬，開慰無量。安撫公慈祥孝友，忽然失之，舉家皇皇，於今未寧。子飛氣弱，昨日又經大病，恐摧毁太甚，須垂意調護之也。子予，父之愛子，想哀毁亦不自勝，惟以禮節之耳。趙市骨肉，想時得書，暫寓亦安穩不？襄鄧謀居，既舍舟出陸，糜費已多，又素無根基，恐未便得成就。以老夫計之，不若且止荆南，偕弟宅暫居，稍置田園。物賤，又有通水之便，入都盡坦途，轉江又易爲力，更從長相度。頃病眼半月許，方得少愈。鄉僕煎迫求歸，適有便舟，連日寫書，眼復痛，腕幾欲脱，作書極草草。

19 又

辱書。審雪寒侍奉萬福爲慰。知子飛兄弟居喪，盡哀應禮，甚副此想望之意。但不知成都幹事使臣〔一〕，能不於存亡之際有所負否？萬一不如人意，乃門户災蹇時，物理當爾，亦不足計較也。以今之勢，且百事隨緣省約，并力於荆南之田，爲三年伏臘之計，有餘亦可小作巴峽往來化居之策。人生爲善，天不終困人耳。無緣會面，千萬自重。

〔一〕使：原作「吏」，據《山谷老人刀筆》改。

20 又

霜寒，即日想侍奉安常。表姊太君當此百憂，眠食健否？《檀弓》卷子方寫得數行，日爲索客踵門，粥食亦失時，殊可厭倦。寫得，續求便并《金剛經》往矣。留使臣一二日待文字，竟寫不就，甚愧。草草上報，餘須後信也。

21 又

子均仁甥：累辱書，審侍奉表姊太君寧固，甚慰馳情。安撫公即世，忽復見春，永懷仁心義烈，未嘗不爲揜涕也。況少孤遠歸，方得所託，而遽失嘉木之蔭，悲痛何勝邪！扶護遠歸，子飛、子予煢然在疚，内外事子均不可不悉心盡力也。急發此書，不能具所欲言，三兩日間遣曹安回，當具之。

22 與人

昨夕飲酒不多，何以遂憊？恐猶未起，故不敢奉謁。少間能來對棋否？偶得小詩，謾遣至，或可解醒耳。

23 又

夜來飲酒不多，何故遂憊如此？欲煩公作炒桑蛾蕈、冷淘漿水飯，主人可乎？早了縣事，令眼前浄，後共飯乃佳耳。

24 答王觀復

頓首。遠承遣介惠書，勤懇勤懇，三復增歎。足下强學博聞，日新而不已。小人負罪，不得齒縉紳之末，豈敢如所推獎？且求博約琢磨之意，但愧恧自汗耳。又每所稱道，輒以不肖列於先達數公之間，此尤不敢當，亦使足下品藻之論不信於時人也。某避嫌易地，尚蒙恩貸。戎州雖地熱，春冬時作瘴癘，不如黔州地寒有雪霜，風土宜人；然米麥衣着差易得如黔州，士大夫亦有可與游者。一裘一葛，蔬飯易足，但爲自東更移稍西，僦船泝流，在道幾三月，不能不費耳。過承致念，故具之。先公詩卷又得熟讀，高明温潤，有作者之風，惜乎不得少發其藴見於世也。輒以鄙句附驥尾，或因此詩而傳後耳。見和東坡《七夕》長短句，及「可惜騎鯨人去」之語，既嘉足下好賢，又深歎古來文章之士未嘗不爾也。草草和成二章，言無可采，當面一笑耳。鄙文一編，所得何其多邪？其中亦多少時文字，氣嫩語艱，不足存者。此所無者，謾抄下以與門生兒姪輩；彼所無者，亦有三分之一，匆匆未果録去，他日可寄也。但有樂府長短句數篇，謾往。遠寄綌絺紫紗，戎州地熱，即用作暑服，荷眷卹之賜也。乍到，未有佳物可以爲報，家園雙井來，乃分上。聞足下飲食宴樂，出入車馬，無不在於學，如此古人乃不難到。更願加求己之功，沈潛於經術，自印所得。根源深遠，則波瀾枝葉無遺恨矣。李長倩骨氣清秀，但讀書泛濫，未能得其要，得足下切磋，當有日新之功。同僚中復得佳士否？所差人不繇歷，北轅之楚，失路而嘑，幸門生胡斯立者見而憐之，爲僦一閬人送來。留此雖多日，日與三升米。今問得自富順入資、遂，由果至閬十五驛，徒行不重載，十日可到。二人供給米三斗，錢一千，計不至餒於道矣。異日或遣行，可并其乳嫗來也。欽想好學之風，無階面會，臨書增懷，千萬强學自重。九月八日。

25 答李長倩

頓首。自發黔中，遂不聞左右動静。忽得來教，承攝局在閬中，去親庭不遠，旦夕問安，雖從吏事，不廢詩書，驩喜無量。王觀復佳士，想相從甚樂。興元闕在何時？板輿肯同行就養否？知命在涪陵逾歲，舟行日又留舍弟官所，約九月來歸，猶未得近音。兒姪輩皆在此，隨緣可過，不資人力也。今寓舍在南寺，乃當闤闠中，屋室差勝開元舊居，但無復摩圍江山之勝。此亦有東禪，在近城，風物瀟灑，但須整葺。又主人爲治南寺已成功，因不欲謀遷東禪也。有純上座、唐履道人於此同齋粥，忽忘日月之逝也。相比得一少年與之共學，已略就緒，相亦讀書不費。檄，知命去年九月在涪陵生此男，小字牛兒，風貌極魁岸可喜，學語學行，意氣已勝相，殊慰眼前。伏臘隨所有爲廣狹之度，不求於人，亦林下之樂也。別後故人惟楊明叔學問、文章、書札皆勝進，彭水行亦歲滿，云當求此方差遣，欲竟其學，殊未可量也。比時苦心痛，又眼有黑花，以故作書不倫，不成字，幸裁察。相望數百里，臨書耿耿，千萬自愛。九月八日，某頓首。

26 答宋子茂殿直

都下兄弟想常得安問。木龍巖四旁稍引水畎，令平坦處雨過即乾，亦佳耳。子飛所須字，凡寄三跋尾往矣。荔枝菴聞結構不甚如法，若其中令用白泥作小月床，置四瓦墩菴後，更撅去客土，作七間許小茆屋繞之，作茶藥寮之類，亦便可宴安矣。白院主好修造，而務要出己，用驢打毬法使之，無不盡力也。楊道者極聽人語，略有智識，他日參禪學道，必有立者。欲有所改作，更呼楊問之。昨見寺中合得辟瘴散，味甚好，試爲取其方寄示。若有北來棗，求百十枚。欲寄茶芽去，適此人煎迫，書不暇，但寄得府公茶耳。

27 又

頓首。辱書勤懇，審比來日用輕安爲慰。家弟經過，煩主禮篤密，感刻感刻！惠墨甚副所乏，榮紙謾及之。臂痛初不知其因，姑用蒼梧膏及花乳石散，皆不效，服烏犀丹、透水丹乃小愈。意其老態百出，平生未嘗病風，忽亦作爾。然飲食不驟進，四支不甚腫脹，亦是從來無風根耳。今則十愈九矣，但粥食後輒思睡，百事慵懶，意往而力不隨耳。老於閑地，此疾不害事也。子飛昆仲想相從勉讀書，殊勝閑談弄酒盞也。未緣會集，臨書懷想，千萬珍重。

28 與試官李正孺

再拜。待罪魑魅之域，衰疾無所堪任，幅巾直敠，不可以謁長者之門。雖聞車馬到城，不能一參候，乃蒙辱顧訪不倦，無宜得此，但愧畏耳。晚來暑氣不解，不審飲膳何如？承來旦遂成行，願道途珍重。謹勒手狀。

29 與試官薔子敦

再拜。某罪垢汙辱，人所鄙賤，重以衰疾眩冒，不能復從人事。諸賢到城，竊有望見顏色之願而無由，乃蒙謙光照曜陋巷，非所當得，惟有愧恐。承來旦遂成行，秋暑未艾，願加珍重，以慰馳情。

30 與試官王君宜

再拜。捐棄漂没，不當行李，雖復密邇，無階修敬。伏承以王事到城，屈顧陋巷，恩意勤懇，自視缺然，何以得此，惟愧悚耳。秋暑尚爾，不審晚來起居何如？衰疾不能一詣館次，謹奉狀，不敏，伏惟照察。

31 與戴景憲奉議

再拜。自使節之西，未知定止，故不能修問。中間承令嗣惠書，審動静，以爲慰。書吏還州，奉所惠寄王氏父子石刻，知公之未忘不肖也，感刻感刻！即日秋暑未艾，不審尊候何如？伏惟豈弟慈祥，神明所相，閤中萬福〔一〕，六六、七二讀書勝進。差遣竟何如？或云永康闕恐可得，諸公所會，乃不能爲公致一佳闕邪〔二〕？若萬一須下荆州，乃有參對之幸矣。謹勒手狀，附承動静，伏祈爲道珍重。謹狀。

〔一〕中：原作「下」，據《山谷老人刀筆》改。

〔二〕致：原作「置」，據《山谷老人刀筆》改。

32 又

再拜。黄斌老時相見，高明文雅，每會集，極奉思也。六六所寄絹欲作扇面，似不中節，如此寫去，他日上扇，絲緩急皆失字形勢也。俟有裝背工，令中破作短軸，寫上真草可也。作鐙籠俗狀，乃可施於茗區酒壚中耳。成都舊有大字陳藏器《本草》三册，若爲置得一本，幸甚！或難得，亦不固求也。差遣定，願奉數字之賜。

33 又

再拜。適對客，而書吏來告行，不欲又失通問之便，上狀極不如禮，惟君子能盡人之情耳。某再拜。

34 答楊齋郎

範道人，某敬愛之友也。公家父子能垂盼，可見英鑒不凡。然遂屈作院主，似處之未得其所。範公知見，今兩蜀未有此人，至其行業學識，亦未易得，吾輩當以師友待之耳。古人云：「太一貴神，五帝乃其佐也。」道尊德貴，固不當以名位畜之也。

35 又

遠寄建溪，極荷勤篤不忘。知殊喜雙井，恨發黔中來，已苦誅求到骨耳。今年送藥人計久亦來，來即求便上。小兒輩皆承存問，感激。

36 答僰道尉勾宗禼

再拜。車從之西，累日不聞金玉之音，方深懷想，忽辱專人賜教，存問勤懇。承尊夫人寢膳多福，懽慰無量。審冒熱還家，亦小失調護，喜承遂清康也。所射闕猶未決邪？秋冷，方阻參承，千萬爲親自重。

37 又

鮮自源，閬中文行之士也。聞兩三到門，昨乃幸一見，承有哀王孫之意，不識能割甫田歲取之數否？如不能，則自契至於成湯亦佳也。又不能，則盤庚徙民涉河猶可。若乃衛文公之騋牝，吾何望哉！

38 又

頓首。衰疾杜門，所可晤語寡矣，懷仰君子，何日不勤。承昆仲多賢，里居在親側，又得琢磨之益，何慰如之！知命向成都已一月矣，相讀書不輟。韓十隨船而西，牛兒留此，踏拖不可耐也。鉛茶器極煩調護。惠連屑殊佳，滑浄厚實，自到僰道，未始得此也；猶有可恨，無魚子碎紋耳。因人爲買細白入筒布一疋，清水井欄布二疋，蘆心布二疋，於知命所取直也。知命落魄，歸不及事，幸爲求便先付來也。《内景》墨蠟甚工〔一〕，戴倅寄十本，皆不精也。

〔一〕内景：原作「丙景」，據《山谷老人刀筆》改，謂《黄庭内景經》也。

39 答張道游

頓首。衰疾杜門，屈君子之玉趾，甚愧。然得聞高誼之緒餘，又以爲幸耳。伏奉手筆，喜承舟次安穩。惠酪餅，極荷眷憐之意，謹勒手記，道謝萬一。某再拜。

40 又

杜門久，不復從公家借吏卒，故盡廢人事，不能一詣舟次，惟君子能寬之耳。承遂行，時寒，千萬珍重。某再拜。

41 答石長卿

頓首。旦來伏惟起居輕安。所惠示文字，義理貫穿，自作語亦工，舉子中足下爲長雄也。如對策，更須熟觀班固《漢書》論事之文，論則須令有關鍵，則百發百中，如養叔之射矣。别有他文，歸邑中可更借示也。

42 答王定國

再拜。頃兩辱賜書勤懇，并損筆墨食味，知公雖在顛沛，未忘不肖也。亦聞涉重險，到官骨肉無恙，又繕完廨舍，寒暑具宜，以是可相忘於江湖，故循緣病懶，不復作記。乃見所寄姚醫書，知公觖望不作書，猶不能忘不肖也。某到僰道，猶黔中也，恨未得望顏色耳。謹勒手狀承動静。

43 又

頓首。秋冷，伏惟起居萬福。聞官所不至勞於吏事，憂患之餘，頗復勤學，亦有學子相從講問，欽仰不已。某衰疾老懶，百事廢忘，不復堪事矣。今年來病滯下十餘日，比因積雨，舍中水夜上，爲冷所逼，又暴下十數行，於今體氣極寒，所進皆極温燥藥，生冷不得妄近矣。聞公頗有張公無恙時所燒諸金石鐘乳輩，可以扶衰，幸見分也。某再拜。

44 又

頓首。聞張夫人多病，遠官意態已不堪，又常須醫藥，想亦匆匆耳。婦人多兒女之戀，外間事不須每令知也。古方有治百合病者云：意欲食，復不能食；常默默欲卧，復不能卧；欲出行，復不能行。飲食或有美時，或有不聞食氣時。如寒無寒，如熱無熱，身形如和，其脈數。此豈夫人疾狀邪？意欲用四物湯加百合等分同煎，煎成，調成鍊鐘乳一大錢，計三兩日中可知，能試用之否？宇姐諸人，皆無恙乎？

宋黄文節公全集·續集卷第五

刀筆

戎州

1 答王周彦

承示《周易》，求簽記古人致意處。此學不可用，今之治經進士規矩也；又小字，老眼所不能讀，遂不能承來旨也。大概讀書要識宗旨。《周易》者，以與民同憂患爲宗，聖人以此洗心，空無一物，乃見憂患之源，故其言皆自根極中來，故曰「神而明之存乎人」。若非道器，但稱其言，而道之全體不可舉也，故曰「苟非其人，道不虛行」。夫道者，處至下，甚易知，甚易行，其枝葉在上，其根本在下。故求道於德業之上者，其去道遠矣，故曰「窮神知化，德之盛也」。過此以往，未之或知也。試以此二語求《易》，則思過半矣。觀足下於所聞所知，每反身而行之，如此去《易》不遠，但求之過耳。

2 答嚴君可

頓首。流落裔土，不復見中州故人。忽承君可以書見教，氣味深遠，識慮當的。累年衰白，不復夢見古人，頗覺神明頓還舊觀，自喜垂老又得友也。寓舍不能爲足下作薄主人，不審旅食何似？偶爲張持義記仁祖御飛白書後，試往一讀。某從來不知作文章之關紐，老來下筆，更覺義味不足。如君可深於其趣者也，幸爲指擿瑕點。昔黄霸自繫，尚言「朝聞道，夕死可矣」。夏侯勝感其言，授以經術，況方在林泉間無事時乎！想不惜萬金良藥，起此痼疾。

3 答郭英發

頓首。前日既相約，適會千騎見招，遂不得奉聞，愧悚。辱教，喜承日用輕安。惠示四頌，詞意高勝，欽嘆不已。然似插無根花滿園，非不照曜風日，但不耐久耳。要須且下十年工夫，識取自己，則有根本。凡有言句，皆從自根本中來，殊不與認奴作郎、認賊作子時文章同味也。今日不出，能見過，可共前日所碾茶也。垂喻婦翁之意，感愧感愧！幸爲致問千萬。度里中耆德平居亦罕出，積雨道阻，何必以人事爲意？他日晴，快策杖，尋嘉園，或可邂逅也。

4 答僧從之

頓首。中間辱書勤懇，衰疾老懶，久不能通問，實不忘遠相傾倒之意。石洞來，審動静爲慰。金碧堂想開展殊可觀，恨匏繫無由一登覽耳。堂榜謾書去，不識可意否？漸冷，千萬珍重。

5 又

純公頻得音問否？聞方廣深邃，少過賓客，得數僧同粥飯，想亦樂之，然一去未嘗得一字也。對青竹藝之遂成，然今年但出細筍，作竹一條耳。計亦是移來根斎不壯，又堂後土性不美故耳。

6 與趙申錫判官

再拜。軒蓋兩過戎，薦屈左顧。衰疾杜門，人所厭棄，而公獨惓惓如此，自視缺然，無以至此，特出於忠厚，不問炎涼耳。炎江初暑，乃似中州，盛夏不雨，輒作瘴癘，不審比來尊候何如？王事不至勞勤否？家弟經過，甚煩重顧，感刻感刻！未緣瞻近，臨書增懷，千萬珍重。

7　又

録惠新聞，殊慰孤陋。衰疾慵惰，乃以杜門守四壁爲樂，尤苦時有賓客，俗氣未除耳。入夏來欲閲藏經，尚以書信發遣未透，頗覺胸中塵埃，更半月必得閑也。書尺堆案，作狀極草草，伏幸照察。

8　答黔州逢興文判官〔一〕

再拜。屢蒙賜教，勤懇曲折，衰疾老懶，書問不繼，惟有懷想，無日不勤。承薦章已應格，何時得解印遂就遷陞邪？尊公左右想數得壽康之問，令弟所授何處闕？閤中萬福，諸小娘子安勝，寶郎長茂。未緣面會，臨書馳情，千萬珍重。

〔一〕逢興文：原作「馮興文」。按本書他處均作「逢興文」，今改。

9　又

頓首。承未即解印，且得還幕下，凡百安便也。王補之小疾遂不起，可悲可痛，觀其意氣殊未衰，不謂遽至於此。然子弟多修立，身後亦不狼狽也。但欲卜襄陽居，而未諳其風俗人情，或止於荆南耳。聞賈使君明了辦事，想官酒厨饌，各成次第。宋倅既安健，時復游衍山水間否？某僦居城南，不復與公家相關，時時策杖過民間，輒終日，亦自忘歲月之往也。

10 又

邑中無事，想頗得與升之對書册閑談。建溪二十銙謾送，同碾以開蘆酒昏睡。想此書到，已治行軒矣。文字更須數日，蓋夔人從未遣去，日食飽腹，便但辛予耳。

11 答黔州彭水令田師閔〔一〕

再拜。衰病慵懶，别來不復能作書，惟有懷仰。兩辱賜書勤懇，如奉光儀。承治縣政成，夷夏信服，齋閤暇豫，何慰如之！某杜門不接人事，頗得閑談之味。未緣參承，惟冀爲國自重。

〔一〕彭水：原作「赴水」，今改。

12　又

頓首。承賈使君賢明，又有風力，想治郡殊有條理，州縣一家，當復易爲放手耳。前承誨諭不忘，顧罪廢之迹，雖言，不能爲左右重耳。聞尉公甚才美，邑中得之，當數有佳集對江山也。

13　答黔州譚司理

再拜。衰疾老懶，别來書問不繼，惟是懷相與之厚，何日不勤？兩辱賜書，皆重復累紙。審在公不廢大儒潦倒之態，諸郎讀書勝進，何慰如之！聞賈使君賢明，宋倅所苦遂安和，想郡政極清辦，僚佐皆得閑適，乘閑亦得從容摩圍山水否？未緣會面，臨書馳仰，千萬珍重。

14　又

賢郎性和易，濟以經術，即成佳士。但師友非長育人才之匠，恐不能盡其才耳。公塾江生事既優裕，一歲挪百千，便可致一佳士在門，勿令與悠悠之輩雜處，則子弟日聞所不聞，公亦得博約之益矣。

15 答黔州崔少府

再拜。中間辱遞中所惠書，并寄《黔江題名記》，甚慰。衰疾老懶，又不遇便人，故因循不作書。徐三班般家人，辱書勤懇，感慰無以爲喻。山中岑寂，王事清簡，想亦隨緣宴坐觀書，登臨風日，黄鷄白酒，互有以樂之耳。興文得歸，殊自喜，但不知後來攝邑者能相照否？彦修許京削，而以令狀塞責，蓋是奇耦之數，非人事也。如公才器，他日當任通邑大都，待大人君子發之耳。尊府數得安問否？歷陽、滕縣皆得書否？所須書字，常爲作書時猝迫，又不能成，亦是不急事耳。石刻數種謾往，恐兵輩調護不謹，封在鼎臣蔀子中，可就取之。江山悠邈，向往何日不勤，千萬自重。

16 答李德素

再拜德素家翁承議、家母縣君。秋凉，伏惟尊候萬福。遠蒙遣書存問，敬佩眷憐之意。比承節，然外除，又有析生之感，此物理之必至，人情之不能一，各其所安，惟所遇安之而已，度公胸中今亦浩浩矣。寄惠建溪、吴术、刻絲，又承家母遠惠家機衣著，累意重復，感愧感愧！所教且勿作文字，此至言也，謹服之無斁。女子闕於教訓，想奉事温清，多所不周，乃蒙稱譽過當，愧悚愧悚！太平眼放光明，照破四天下，禪子奔輳固宜，獨切恠長者造門之晚也。未緣瞻承，臨書懷仰，千萬珍重。

17 又

再拜。承令嗣居家不廢學，小郎讀書精慧，三聽好女，童進長茂，良慰遠懷。或安傳所作語，以爲親友之憂，雖老病昏忘，不至如是鄙俚也。時時戲書，未嘗及世事，但老農漁父山川田里間言語耳。不審幾時到都下？若得一差遣在京西或湖北，可數通書，何慰如之！太平清公盛德之士，道眼明徹，非往時相會所説杜撰禪也。人生無幾，各已頭白，惟此事不可不刻意。況公有敦信樸茂之質，幸勿竇所藏敝帚，不務打撲令浄也。辱知辱愛，至深至厚，故敢進此告語。

18 又

再拜德素親家翁。宣德秋深，淮南尚熱，即日不審尊候何如？遠蒙賜書勤懇，感慰無量。日月不居，承遂祥除，永思罔極，何以處情？又聞孤幼有言，不免析煙，想尤深顧復之痛耳。德素常入諸禪探玄問道，頗有得力處否？以時日計之，車馬入都，當已得闕還坐中矣。未緣瞻承巾屨，千萬爲道自重。謹勒手狀，九月二十三。

19 答李郎

書至李郎先輩。即日秋冷，想侍奉吉慶，三十三娘安勝，三聰、童進長茂。久不得書，方深思念，忽得通直院二莊客至，如從天上落也。承彼上下動静甚悉，寬慰無量。寄吴术、綾絹、綫等，甚愧煩費。知周嬭能管勾三聰、童進，嬭子得力，安奴近來喜循理，亦不極惱人，遠想如在目前也。擇道家二十一娘雖是妯娌，渠乃是姑行，當稍推尊之也。知不免析居，此乃人家常事，人生厚薄隨緣，不必介意也。某往在葉縣及北部，無置錐之地，而嫁三女弟，事辦而已，未能嬰懷也。張年定晚得男，想其上下歡喜可知。四十親情至今未定，若得北地士人家在此相當者，便與娶婦，某不欲令遠去。今年來驟長者，未聞哀喪矣。所須書字，閑時多有，輒爲人取去，因人旋寫得數紙，試點檢與三祖山語意何如？萬里憶想，江山渺然，人生惟有忠信孝悌長久事耳，餘不足復道。千萬將愛，不具。九月二十三日書。

20 答李允工

再拜允工親家都轄通直。自去年十一月德素院莊客回，遂不奉來教，每深瞻望。忽蒙專使及門，開慰千萬。承還家待永安之闕，家母縣君、子舍諸孫皆清安爲慰。大雲僧舍，平生所游，愛其山川，徘徊不能去。佛寺後有達觀臺，不肖所名，亦勸戴氏崇飾，作一登臨處，不知今何如矣？遠寄建溪、吴术，并煩家母惠家機衣著，甚愧頻辱眷恤也。某到僰道逾歲，遂能其風土，但時飲一杯酒耳，至今未能少葺生理。然衣食厚薄，隨緣亦足，不煩過念也。江山萬里，懷想則勤，願爲民自重。九月二十三日。

21 答李大受

頓首。辱書勤懇，審侍奉不匱子職，二十一娘、二外甥皆安勝爲慰。遠惠山术，極是衰疾所須，感刻感刻！更煩二十一娘寄衣物，甚過當，愧悚。永安乃山水佳處，平生屢到，未嘗不徘徊瞻視也，隨時想安樂。往作《達觀臺》二詩，計今猶在臺上，試爲訪之。二十三娘來報，屢承二十一娘招唤，恩意勤重，遠情感戢，無以爲喻。《遺教經》以秋熱甚，老懶不耐事，久之不能下筆。近方寫得，今寄，不知可意否？蜀紙、蠻褥子面謾寄遠意。紅刻絲一疋，寄二十一娘，微尠，甚愧。糁潭紙可作書簡，碪成者三二百張，真鷄距柬心筆數十，因便人，只寄荆南士大夫家便可達。或難得便，亦不固求也。相望萬里，會面無期，千萬勤學，爲親自愛。九月二十四日。

22 答叔震

頓首。遠辱惠書勤懇，承里居日用輕安，奉侍佛律，初不懈退，甚善甚善！令嗣遂能勤學有舉業，何慰如之！更令求明師賢友，方爲不虚用心耳。雲巖想更成次第，必時一到彼，抖擻禾場上塵土，便覺超然矣。清和尚未得近書，然因舒城人去，嘗寓書信也。所寄送《清公頌》，頗見志願，不忘般若中也。向須《觀音贊》，今手抄去，可託幼安或珊上座膳上幨子也。《雲巖經藏記》如此作去，不知可死心寮中老人意否？四郎讀書長進否？若嗣文歸，到雙井必且復來下處。糖師子一餅，謾助齋厨，遠道無佳物可寄也。益老想時往來。水磑若成功，度亦可息肩矣。相望萬里，臨書增懷，千萬進道自壽。

23 答世因弟

世因弟：得書，知奔走累年，又索連周石獄中，良不易。郭西水磑既成功，想可端居爲飽暖緣矣。郭西柴場、雙井水磑相望，亦相奪乎？壽安姑所苦想即平，東卿亦漸謹爲治生否？六十八亦源源而來邪？世承兄今行李在何地，亦有息肩之策否？三郎、五郎讀書頗有效邪？來都不及馬新婦病，意其遂康和復常矣。重得今年十三，喜讀書否？吾輩人家，但勿令書種斷絶，其成功則天也。嗣文想今已到雙井矣。嗣直今極解事，能官，上位甚禮之。嗣功不幸，深可痛惜，至今思之，令人氣塞也。嗣深除晉城，計上官亦能盼，但道里悠邈，不得其情狀耳。知命來入峽中數年，大率只在涪陵，至今猶未歸也。老兄自黔遷戎，猶在黔也。衣食厚薄，隨緣亦易過。歲用十千，僦一民居在城南門裏，差遠市井，杜門少賓客，用私奴，不復借公家人，極清閑也。相望萬里，忽憶往年隔籬聞急研煎豆留飲之聲，如在天上。何時復獲雙井堂上一笑邪？千萬自愛。

24 答清長老

頓首太平和尚几下。辱賜書累紙，誨諭曲折，相望萬里，如奉巾拂，開慰無量。此道昌於灊皖之間〔一〕，固自有數。亦聞禪子奔湊窺室，無所得而去者，宜其謂太平把定封疆者。古人所謂江湖無礙人之心者也，道人自謂已得無得之得，而疑宗師把定不放過，此即一大事因緣，諸佛謂出世者。不肖居黔戎四年矣，未嘗有人及此事，但覺身閑益自在，放縱而不踰矩，則向來諸道友之力爲多。何時復參承几杖？臨書懷仰。漸冷，千萬珍重。

〔一〕此：原作「比」，據緝香堂本改。

25 又

所論寶勝，大概如此，但渠比今日成都諸老猶知有此事，故少扶持之耳。岳首座猶在山中邪？山谷乃是孟宗八邪？承儉與在左右，甚慰，顧道人難得可揮之鼻耳。翠巖道稍行，聞之欣慰。《雲巖藏經記》已作得，但老來極懶作文字，隨事仰筆墨成之，所敘不能如來諭之曲折，不審已傳本到山中未？萬松亭往年醉中一到，初不知自有地主，今別篆三字，及作一偈。顛言倒語，其於世事頹墮委靡可見也。《悦禪師語録序》政以欲箇言語，遂久下筆。成都互有人來乞此本，云得序即大字刻印也。朱時發往時與同榻十數夜，百種穿鑿，終無入處，蓋宿無般若種子，然其存心甚美，常令人念之。徐師川資質甚茂，亦爲琢磨之否？唐君益有智慮，當官善聽人謀，若回光於此道，誰能映蔽，但苦不自肯耳。

26 又

承懷寧富尉出於名家，而孝弟問學，恨未相識也。寄芝草石刻，但老人不作詩已十餘年，如老婆不復可施粉澤矣，幸爲道此意。德素諸人不能來叩關鍵，蓋是護惜舊聞，以謂禪家愛著木槵子換人眼睛，但不知乃是一對木槵子耳。知命百事長進，惟此道全無交涉，渠既不及，亦無下手處。四十性和厚不争，而義理之性終未發，且令熟誦書，勤爲講解，浸潤之耳。知命來峽中，得一子曰牛兒，頭骨奇壯，性氣磊落，他日或是吾家千里駒也。

27 答徐甥師川

所寄詩，度超今人已千百，但恨未及古人耳。杜子美云：「讀書破萬卷，下筆如有神。」此作詩之器也。然則雖利器而不能善其事者，何也？無妙手故也。所謂妙手者，殆非世智下聰所及，要須得之心地。老夫學道三十餘年，三四年來方解古人語，平直無疑，讀《周易》《論語》《老子》，皆親見其人也。太平清老，老夫之師友也，平生所見士大夫，人品未有出此公之右者。方吾甥宴居，不嬰於王事，可數至太平研極此事，精於一而萬事畢矣。老懶作文不復有古人關鍵，時有所作，但隨緣解紛耳。謾寄樂府長短句數篇，亦詩之流也，觀一節可知侏儒矣。亦寄數篇雜語與三十三娘之婿李文伯，相近，想可得本一讀。以懶，書不能多耳。

28 答濂溪居士

前辱書累紙存問，久別，懷思增深，得此開慰多矣。文字久欲以所聞改作，多病懶放，因循至今。張南浦遣人行，適作就，忍眼痛，大字書往，不審可意否？知命學識與筆力皆進於舊，但學道絶不知蹊徑。今之學道者，類皆然爾。往雖久在江南，能明此事者，不過三數人耳。頗有聰明，善於《般若》，文句似與經教不悖。或苦行孤潔，不愧古人；或放蕩獨往，自能解脱。劄著并不知痛痒，可歎也。公既在湓城，可那工夫過山，致敬歸宗文老，此人極須傾蓋乃肯動手，不然衹止以賓客待耳。真實道人不易識，直須高著眼目。餘事未能具道，千萬珍重。

29 答楊君

頓首。辱書勤懇，審涉寒侍奉萬福，開慰無量。寄示石刻，此方士人多欲得之，即分送矣。黄甘比時時人送來，顆實雖磊然，味比棘道所出則多酸，惟資中者少滓而足味，誠佳果也。鹺味亦勝下流來者，但愧以口味累君子耳。未緣會集，千萬珍愛。

30 又

頓首。遠承勤重之意，特遣莊客致黄甘白鹺，感佩無已。家園雙井二品，謾分上，此千里鵝毛也。雙井雖品在建溪之亞，而爲草茶之傑。若得佳石磑，先以蘆心布巾揉〔一〕，篩去白毛，磑之如雪花也。煮新湯嘗之，味極清佳，乃草木之英也，當求名士同煮之耳。

〔一〕巾：原作「中」，據文意改。

31　又

景憲昨過此，三得相見，故人之意甚勤勤也〔一〕。過瀘、戎，或可得安撫司勾當，則爲見闕〔二〕。然聞王帥殊病未起，何如？或云漕臺若還遂，亦到遂州也。純仁來須書字，今書得二軸，別封角，且與專差人同書送去。公所須字，真、草各一軸去。以答鄉里書數十封，方倦甚，他日當別寫小字一卷奉寄。

〔一〕故：原作「古」，據文意改。

〔二〕闕：原作小字注，作「缺」，據《山谷老人刀筆》改。按此處「闕」或「缺」指官缺，非有缺字。

32　答戴純仁

頓首。昨承惠書勤懇，適多事，人還時不能作答。比楊郎遣人來，所惠兒子書中，辱問訊千萬。審即日侍奉吉慶，開慰無量。尊公到此三相過，甚荷故人不替意。比聞在瀘甚安健也，未有會見之便，千萬勤學自重。

33 又

所送絹，託一昭覺鵬道者背兩小軸，適天寒，又器用不甚良，制作乃不如法，且作行草兩軸去。春暖，當更背兩軸，作中字奉寄。適專致賓客，奉書極草草。

34 答廖致平

前日蒙過門誨諭，敬佩謙光之見及。適遠人欲發艤舟待書，故不獲瞻見，延望車從，實深悚仄。旦來伏承起居萬福，良慰懷仰。召飲，敢不祗命。但以病絶酒，不復涓滴，許如此，則敢侍坐耳。

35 答江安李殿直

再拜。頃聞江安火事熾然，而不及公家，不審何以勝此災也。多病且懶，故不能書，然往來者每能道動静，以爲慰。專人辱書勤懇，感慰無量。寄惠木瓜，諸兒皆欣欣也。買鹽錢尚餘爾許，爲隨錢買蠻嫗通裾，如公室中清白者爲佳耳。梅嶺砦劉殿直時通好否？因書爲致意千萬。適飽飯得茶遲，意思昏倦，奉書極草率。累約不作公啓狀，但得如家書數行可矣，何故復惠長牋邪？此後幸罷之。

36 答王觀復

再拜。鮮抃之來，辱書勤懇，所以相推與師問之意，如珪璋特達，顧不肖非其人耳。先公詩跋尾，辭意蹇淺，不足以垂世傳後，重煩長牋稱謝，祇增愧耳。抃之道起居詳悉，極慰從來嚮往之心。損惠衣物，荷遠意不倦。顧貧病，數爲公費，感愧。所欲作大字，會臂痛，勉書之，不能工，不知堪用否？小字得當俟他日也。戎州寓舍安穩無一事，不滿意者，未得見公風度及對錦屏山耳。氣候暄煥，惟冀深自愛敬。謹奉狀。

37 又

所寄鄙文，前四六二十許章，皆秦少游所作也。詩皆是鄙語，已請抃之校對矣。有小兒輩雜抄猥稿，抃之盡抄去，不足觀也。龍團一餅謾往，可對錦屏烹之。彭道微二月十六日已上永康矣，長倩度已去。臂痛，多作字便不能堪，書極草草。

38 又

再拜。何静翁莊夫來，辱三月二十日所惠書勤甚，并惠暑服。每承傾倒之意不倦，衰疾之餘，缺然無所堪，何以得此？愧悚愧悚！益梓路皆報不肖蒙恩稍復官次，得筦庫，在武昌，去家不遠，因得上先人丘墓，實已滿慰衰晚所期。但恐告下遲，江水已漲，未可下峽，則秋冬之交乃得去此耳。十絹寫不肖舊詩，不足觀也。舊詩一卷，皆葉縣尉時所作，亦漫點定，并去年所送一册同往。魚守求堂名，輒書「整暇堂」三字去，事出《左傳》。秦漢以來，郡雖有尉，而守皆將其兵，故謂守爲將。夫兵戢以時動，折衝千里，惟能整又能暇也。東坡先生猶在海濱，未知公幾時得掃其舍人之門，既不能縣記作書，然他日便可袖此書求見矣。昔合浦吏貪，珠遷交阯，及孟嘗政清，去珠復還。東坡胸中有百斛明珠，昔遷於儋耳，今還合浦，蓋天公之政清邪？公學問行己之意甚美，但文章語氣務奇詭，不平淡。昔東坡嘗云：「熟讀《檀弓》二篇，當得文章體制。」此確論也，願以此求之。往嘗佐東坡考試於禮部，其所極口稱許新進諸生，往往面從而背非，某告之曰：「其他在閑伎倆，諸君或勝東坡；至於評論文章，東坡鼻端一齅，可定優劣。」其後諸生亦多以爲然。何宇之詩，語氣平而意深，論班固《漢書》中人物，理勝其文，不加藻飾，意其得師友，當爲晚成之器。但憂其戀嫪鄉里，宴安姬妾，不能發憤忘食，親見古人耳。如此才俊，雖京洛多士處，亦不易得也，但未知其宗族鄉黨間行義何如耳，能脱然洗滌盡富家子鄙吝舊態否？鮮澄溫良有餘，但恐强毅不足，以讀書少耳。倚公調護，今歲伏臘得所矣。蒲大防去，寄書，今必徹几下。公幾時官滿？代者爲誰？度幾時得去閬中也？未有會面之期，臨書懷仰，千萬强學自重。

39 又

頓首。承魚仲修待程信孺來，遂解印，便欲作整暇堂意記去。乍到青神，終日接應人事，比夜則嗒然就卧，終無意思可作。前日信孺自眉來相見，云適有私幹，未能即上道，度十月末可去鄉里，冬至後欲交印。如此則更數日，作得記送史彦直家附去，模刻之日力有餘也。來使煎迫甚，故猝猝遣行，甚不盡所欲言也。

宋黄文節公全集·續集卷第六

刀筆

戎州

1 答何静翁

比有歙州吴希照道人，在瀘州繫筆絶妙，乃可與往時諸葛兄弟及元道寧輩並驅争先，如侍其瑛、彭壽、諸葛元皆不及也。自青神回，當求便奉寄。

2 又

頓首。辱書推奬開慰，情意千萬，好賢不倦之心，良以歎息。至於望我於不田而鶉生於奥，則不敢承。秋來早冷，不審何如？伏惟强學日邁，將見古人，恨未相見叩所得耳。前趙都監人回，報所賜教，并謝委禽之禮，何緣遂不達邪？可攜此書見趙君，託根治也。所寄風松雪柏，未爲好品，然知足下託我以歲寒之意，願足下不負後彫耳。未緣會集，臨書增情，千萬珍重。九月初三日。

3 答閬州魚仲修使君

再拜。元祐中在都下，頗聞好學清修之譽，恨未相識也。區區去國十年，塵垢滿胸，忽奉賜書，如逃空谷聞人足音也。側聞爲郡豈弟，幕府有佳士，時以文酒從容山水之間，何樂如之！某以言語得罪，竄逐六年，衰疾所攻，無復疇昔，所蒙推與，皆所不敢當。比蒙恩復在官次，三除皆不離南方，實於私計養疾藏愚爲便。未緣瞻承，臨書嚮往，謹附承動静，伏惟照察。

4 又

秋暑未艾，不審尊候何如？伏惟爲政豈弟，民已心化，寢膳吉祥，神所相助。聞整暇堂規摹宏壯，當託世之大手筆紀其成事，而屬之不肖，似非所宜，然諉諭丁寧，不獲推避。本留來使多日，以待勉率鄙拙，適以賓客過從袞袞，終日意未能成。須秋末自青神還家，乃當求便寄上。幕中史彦直推官，眉人，計數有家僕往來，可因之修問。未有瞻承之便，唯冀爲國爲道，千萬珍重。

5 又

頓首。蒙相與，未能脱去毛皮，尚惠牋啓。此物於禮數雖繁縟而不情，故從來不喜作牋。又閒居不欲以私事煩公家，故不復借書吏，輒廢牋不用，不審能察之否？王觀復，東州好學之士，足爲幕府光輝，遂解官去，想甚惜之。眉山史彦直能吏事，作人知重輕，亦不易得，想不能逃藻鑒耳。某再拜。

6 答蘇大通

頓首。頃見外兄張子履家嫂，具道才德之美，且以天同外生獲接懿親，願見之心，非一日矣。向以東坡二丈、黄門三丈顧盼不肖，忘年忘義之德邪？衰朽多病，百事慵懶，念欲作書而未能，專使乃辱以書先之，長牋稱述。風味所期，誠如所示。至於推不肖立於二蘇之列，則極不敢當。某天資駑下，但以師友以德義劫之，故稍能忠信豈弟耳，其餘實無足觀。伏誦來教，愧不可言。謹勒手狀。

7 又

昨史嫂過僰道，極口稱大通德義之美。切觀書詞，已見一斑，恨未得拭目蔚然之文，出霧雨而玩風日，光輝照映林泉爾。亦承許録惠詩及他文，此大幸也。明窗棐几，拂去塵埃，以俟來賜。衰疾健忘，作書無倫次，照察幸甚。

8　又

惠示東坡《試墨帖》，雖二十五年前書，如鸞鳳之雛，一日墮地，便非孔翠可擬，況山鷄輩也。曇相《十生記》，佳惠也，舊聞此道人奇怪，而不詳悉，得此甚慰寡聞。欲書數大榜，令無爲山中作金字，但未知山中何種榜額未經前哲書耳。

9　又

惠示曇相真容，觀之使人敬嘆不已。永觀亦舊聞之，然與《楞嚴》中二十五圓通聖賢一人相類。横卷欲作數語贊述，會所遣人來遲，已治行，不暇及此。前路舟中作得，即送介卿所，求便寄上。寄惠曇相柑，味極佳，此蓋大善知識功德之餘，自與凡物迥然殊耳。榛子、銀杏皆佳惠也。未有佳物可以爲報，愧悚。

10　又

辱書，勤懇千萬，學問之氣鬱然，望風懷想，恨未相識耳。別紙累幅所稱述，皆非不肖所敢當也。東坡、黄門皆得北歸，計不日皆筦樞機，雨露天下，何慰如之！雪寒異甚，比來起居何如？頗得光陰近書册否？某已治行李，但僦嘉州船猶愆期未至，至即行矣。世道方開，天子用人如不及，西州士大夫當皆仕於中原，如此，相見當有期矣。寒澀，千萬珍重。

11 答孫昺言

頓首啓。伏承不鄙衰疾頑頓，惠賜長句，伏讀增歎。所送《賡韻蒙求》，佳作也，得之撥忙偏讀，記問縱横，不獨童蒙得益，於老朽多忘甚有補也。欽奉鄭重之意，感刻無以爲喻。欲和答來篇，人事紛紛，不得下筆。亦欲作序引數句，載之卷首，記不朽以傳後。到僰道作得，因張介卿寄上也。篇中小差處，唯以「田甲可溺」和「荀粲惑溺」耳。「惑溺」之「溺」亦作「休」，奴歷反。「可溺」之「溺」亦作「尿」，奴弔反。此書方傳千古，不容草草，願刊正之也。對客作書，不如禮，唯長者能貸之矣。霜冷，千萬珍重。謹勒手狀。

12 與杜元叔

奉别忽再改朔，懷仰清議，何日不勤。到青神，西方相訪之客常能言動静，以爲慰。

青神寓舍忽二十餘日，賓客如牆而進，如牆而退，無一日不然。但覺夜卧疲頓，百事廢缺，以此終未能作書。辱専使賜教勤懇，審侍奉萬福，奉助歡喜。承卜窀穸之事，不至費力否？度伯修來歸，才能辦此耳。某以信道嘉禮之約不可渝，數日即解舟矣。秋冷，方阻面，千萬爲親自重。

13 與王君全

頓首。旦來伏想起居輕安。細事慁煩：有一紫竹轎子，未有竿，欲乞兩枝飽風霜緊小桂竹，又須時月無毛病者，便得之佳。或無，爲乞鄰，不嫌似微生高也〔一〕。

〔一〕「不嫌」句下《山谷簡尺》卷上有「庭堅頓首。君全名儒」八字。

14 與吕道人

頓首。承齋蔬累年，自求佛果，初不懈退，甚善甚善！所寄行道觀音，輒隨作一贊，少助頭陀清静行業。學道者别無奇特，只是休歇貪癡，求明眼人識己病者，直下指出，直行歸本。家鄉更有甚麽事，莫信臭秃奴輩看因緣，求悟處，此是道眼話，此是差别話，誤人三生六十劫，枉卻工夫。蜀中有一種説雪竇無礙禪，更是誤人入地獄如箭射也。治行甚冗，奉書草草。

15 與純禪師

頓首。奉别忽十餘日，不忘懷仰。所乘舟至今未還，不審泝流累日安穩否？想才動，且就寶林放缽鉢之地，必甚喜也。楚人不别和氏之璧，想如夢中逆境，鏡裏煙塵也，已忘之矣。某完葺僦舍略就緒，然猶日用七八人耳。知命未有歸音，越州卻有二人到此。範公聞消息否？聳上座來相聚數日，方此群吠，不欲久留之也。雜寫兩卷，封付聳上座去，聳忽得船便行，奉此草率。

16 答賢公座主

啓。辱臨顧勤懇，又煩手畢存問，感刻感刻！喜承登舟缽鉢安穩。二子剃度之緣，惟在當仁心法。古人云：「汝但辦心，諸天辦供。」若不如是，雖有喙長三尺，日誦佛語，亦不入人耳也。持心如城，守口如瓶，必有相應者矣。雲巖山主喜作緣事，揚道者是箇出家人，往依之，必不失所也。宋殿直機警知時，别宜事可否往謀之？

17 與定嚴院主清公

頓首。奉別忽五六年，每因勝日，未嘗不思修上諸兄弟扶持相從，尋林下之樂。想茂林修竹，桃李成陰。公雖僻執，乃是道人家風，諸尊少久之相諳，必漸相樂。汪、鄭諸家化緣純熟，亦添展法堂方丈否？要須作一客位，自令厨厠之類皆便。諸房納糈，或索客到此，人情所不免也。彼既無十方僧，到此來者便是十方人耳。須得兩三童行，是人家子弟佳習不下者，乃肯相資助興葺，爲之化僧緣，亦易爲力也。常欲漸栽松徑到路口，初且以芭蕉相伴，候松成即去芭蕉，院後栽柹栗之類，十年皆得用也。先君往有《題浄嚴柱》一詩，今寫去，可治一柱令清浄，託秀實寫之。相望萬里，臨書增林下之思，千萬護戒忍垢，興此堙廢，他日或可爲先公光輝佛事爾。

18 與人

頓首。頃蒙清水所賜書，恩義勤懇，居蠻夷中，得審金玉之音，所慰實無有量。聞遠官邅迴，又室家疾苦，故知情思難堪，書則已在數月後。又聞不久解印，閑居杜門，人事斷絶，因循不作書至今，然未嘗不懷想也。

19 答人

重蒙委曲誨諭，感佩不忘。人志行不同，正如程、李之爲將，張竦、陳遵之處世爾。張竦曰：「人各有性，長短自裁，子欲爲我亦不能，吾而效子亦敗矣。雖然，學我者易持，效子者難將，吾常道也。」亦知百慮而後行者寡矣。然推心不疑，性已成敝，未易琢磨也。

20 又

再拜。奉手誨，審尊候萬福爲慰。茘子昨日一飽，已厭人。煎得一盂，可作湯，恨不同之。酒尚有之，當令庫中請也。煩親督鑄工，極悚仄悚仄！適碾一種茶，極妙，方點了，遲數步耳。少頃再令碾，碾得遣上。蓋相亦輒喜飲茶，故茶極費耳。昨日自起得一納樣，度如何，乃勝知命者爾。

21 又

頓首。伏奉手誨，審既望尊候多福爲慰。冬兒大腑未通，但與紫霜丸。若辰時一服，至酉時未透，可更與一服。蒸熱恐只是變蒸，見生人而嚇，是其候也。今并紫霜丸方送去，觀畢遣回。鱠齏及㽹茄瓠，少時送上，幸且進一筯點心，少待之。

22 與範長老

某不通問半年，可置是事，或得密師來，審聞動静，開慰無量。承萬僧會齟齬，楊十與父兄聞議論不合，此自世緣奇偶，何與吾事？遣入浙人初亦不準擬十成。去冬鹽官自遣人到此，近已發回矣。所送文字，皆於昏鈍有益者。《悦老語録》後序、《北山録》《會要》跋尾皆欲作，尚未暇，趙十二時已手寫一本付密師矣。寄龍虎丹，初若無用，近四十乳母忽病風良苦，極得此藥力也。天下樂錦極佳，適嗣直去年得男，夫婦極歡喜，來尋此錦作兒衣，即轉施之矣。元師想已安，幾時能來此？密師亦自可愛也，密於富順頗緣熟，約月末復來，乃下瀘州也。所説世緣中不免累人，亦彼此同病，反覆觀之，且爲作行主勾船，又何憂何喜？隨事隨緣，與人安樂而已。所舉晦堂萬杉語，及論此方尊宿實處，及《黄龍頌》，甚警老鈍。未緣參承，惟冀爲道自重。某頓首。

23 又

頓首。比圜明大師來，蒙書，雖草草，且見手墨，知世務嬰薄，亦隨緣自了，開慰無量。

知命到家，賓客紛紛，亦罕得清坐相語。然渠甚鬧，亦難望以心志純一，深究此佛事也。成都馬文叔遇世緣齟齬，思欲脱去參禪學道，然殊未知向背。蓋世數中薰蒸膿厚，意馬奔逸，未易調伏。於此同蔬飯數月，今欲往一見導師。要須作家識病，與藥先去其狂疾耳。渠編綴不肖文字，在黔戎者略無遺，卻可得閑一讀，但恐亦少暇耳。文叔忽成行，求書到禪几，筆墨極草草，千萬珍重。

24 又

啓。承南禪藻公有感鐵面風流，恨未相識耳。文字當爲作，但今年來極懶不可言。海會堂額已書去，閑爲密師寫文字已多，不知能盡寄歸否？知命到家已月餘，久相别，且得渠到家耳。四十讀書亦不進，韓十逐日上一鄰學，且護其薄相緣耳，大意如陶淵明《責子詩》也。欲用紙卷，并老杜詩及向所道語，從容寫一軸文字去，每當可作書時，輒冗迫耳。某自正月遷城南僦居，去南寺二百許步，薄費而完潔矣。方經營時，極得純公及唐道人力也。舍後有數畝地，知命到，乃治作蔬圃，亦隨分補綴。其餘日用所須皆預與錢，令來供送，止用三兩奴亦足也。純公今在嘉州承天宸老處過夏，亦得三五人稍純静者同之。唐道人遂歸，爲之調護，東歸之緣亦不費力也。欲寄茶，恐泰表白瀘州或淹留壞卻，朝夕別討人送上。謾寄打扇一柄去。

25 又

頓首。伏奉九月十日手誨，喜承秋來起居勝常，所示曲折皆盡事實。初聞六祖延請，便謂可住，故即作疏，遣來介行耳，非人事也。李公雖未極玄關，要是清淨篤信之士，雖因識者之言，乃自斷於心，以爲可發於事，故可信耳。成都説佛浩浩，吾道平沉，故欲相與作死馬醫，道人分上不害光鬃頭淨洗鉢也。老子云：「君子終日行，不離輜重，雖有榮觀，燕處超然。」人生既非匏瓜，去住何常之有？但以悲願隨緣，則願石溪上之言猶在。得於初約，惠然一來款曲，承琢磨之益，何慰如之！願府公重人不輕發，不可必拒耳。既至成都，則可數通書。萬事隨緣坐斷，報化佛頭，更無巧拙。謹奉狀承動靜。

26 又

所諭「住箇院子，是甚閑氣」，此妙語也。又云：「會府又不同山林，漸漸經營，萬人眼中，入門便須成箇次第。」則不然。往時嘗有人問不肖：「便令公知開封府，便能辦得否？」對之云：「得。」彼人云：「從來名士輩才令尹京邑，往往不辨，何也？」對曰：「彼看作開封府耳。若令不肖當之，只看作太和縣也。」彼人笑曰：「如此決辦矣。」上堂簇花四六，春景秋意，想成都人已厭聞，只是與佛法没交涉。築着磕着，將錯就錯。大象不游於兔徑，千萬人中教一兩人，會者點頭，此是公家所有，更提掇耳。

27 又

方廣得書否？此公孤潔不入俗，想難得衆，或以其行高，山祇地靈當輔之爾。孟一留此多日，灌漱不煩人，似天之君子也。久留，煎迫欲行。適數日舍中有客，又懶放久，遂不能動，作書極草草也。

28 又

頓首。近得清公書，甚安。云宗任山谷雲水相望無千里，各有二百衆，甚令人思天柱峰前歸老之計也。新公雲巖經藏、看經堂，緣事遂崇成，已移住翠巖，雖壁立千仞，比來人稍稍愛慕之矣。《北山録》學問該洽，乃不易得，然不經儒宗大匠磨琢，故自時有蕪音。《釋氏會要》譜釋典内外虚有倫緒，至於序禪宗，所謂「賜之牆也及肩」耳，然坐井論天，亦怪他不得。《肇論》，體中不佳時，復須此作樂也。宋子京十贊不能稱，東坡極口稱道之，意在當時同輩中，乃爲雄文耳。比作數篇酒頌，適此信急迫，未果録上。遠公作詩换酒飲，陶淵明、涪翁作頌换酒自酌，且道是同是别，可爲一問寶勝老人也。雙井一器，已是去年者，謾分上。新茶到，别送也。

29　又

頓首。伏奉手誨，審缾錫已到六祖，聞開堂日，道俗震動，不勝欽仰，但猶未有人傳語録來耳。計入院今半月餘，想人事稍稍就緒矣。《開堂疏》出於牽强，乃承推奬過當。若不同牀卧，争知被裏破，只是奉酬説邪？偷牛耳〔一〕。霜露果熟，諸聖推出，想化緣必不齟齬，但恐不能得人事清簡耳。知命計數相見，聞出入無間，頗招當路人口語〔二〕，得所幹了，早還亦佳。某城南僦居既安便，凡百不復與公家相關，衣食厚薄隨緣。時時扶杖到人家，倦時忽經月不出，亦自有味，恨未得從容耳。

〔一〕《寶真齋法書贊》卷一四無「偷牛耳」三字。

〔二〕「路人口」三字原脱，據《山谷老人刀筆》補。

30　又〔一〕

前令羅富送舒州朮及舊雙井〔二〕，到彼不壞否？今因江南何客〔三〕，更分新雙井去，計院中或有佳磑也。乍寒，千萬珍重。十月十五日，庭堅頓首，六祖禪師範公道友几下〔四〕。

〔一〕按《寶真齋法書贊》卷一四此篇與上篇相連，今依原本。
〔二〕朮：原作「未」，據《寶真齋法書贊》改。
〔三〕今：原無，據《寶真齋法書贊》補。
〔四〕「十月」以下，原無，據《寶真齋法書贊》補。

31 又

密師想已到，舍老人亦同到六祖否？不知昔日五祖養母，何以今日六祖養父也？觀今日事體，想猝未得清閑弄書册也。南禪藻公相見，且爲致千萬意。《法堂記》不敢忘，但老懶，不能特地作文字，或遇緣可成耳。純老、方廣甚安佚，所謂「孟公綽爲趙魏老則優，不可以爲滕薛大夫」者也。比苦鄉僕來，族中索喚文字及報書，累日方得辦。眼花臂痛，至今未復常，稍定疊，別奉狀也。

32 又

頓首。不承來教有日，自成都至者皆能道動静，此可忘念耳。知命顛倒屨足，二月七日乃到戎州。知放鉢便成叢林，士大夫歸心，魔衆亦崩壞，檀者不倦，僧供有餘，信如所傳，甚開慰也。舊所苦脾疾，應接人事無休日，得無小作邪？《翠巖後序》不知如此可用否？因人且寄周金剛四代語來，欲手抄一通自隨也。徐文信遂辦僧緣，只是懞懂如故，又不知非，且令就左右剃落，因令供侍，萬一救得，癡肉團上有个沙眼子耳。南禪又辱書甚勤，適數日來苦脾痛，似前年秋，亦不可解，幸兩日差勝，故未能多作書，且爲道千萬意。今年來似懶似勤，可意處讀誦書寫，或夜忘寢；至於不可意處，對之瞌睡，雖勸請百端，終不開可，不知此病在甚麽處。諸弟相佐助，能勤僧事否？未緣會面，馳情千萬。

33 又

楊家將深衣及帶去，如落井中，遂歷三年，不知作何變異耳，與根究歸來。戎州石刻甚衆，適懶，不能尋逐寄上，俟別信也。用十幅紙，寫翠巖歲旦教誨一篇去，或可刻石勸誘後生輩耳。前附劉静翁一書去，乃蜀州郭守老衙内也。書中託尋一僧伽帽，今則已暖，不用矣。近編寫得蘄州龐老《傷寒方論》一部，極臻致，欲付成都開板，試與問士人家，有能發心開大字一本，即作序并送矣。

34 又

頓首。承刹中亦事事未足，而來者皆云，年歲間必成辦，果能爾否？齋厨寂寞，但與爲般家人同此枯淡，乃是古人住持法。而俗子皆云，若住持如此，則供施者多退道心，豈有是邪！《華嚴經》未承來諭，已施與方廣，并爲作《華嚴閣疏》及《自開疏》去矣。渠識得法身本智乃歷歷，而於漚和絶少功，故聊助之矣。聞成都乃有《華嚴大疏》，但二十五千便可成就，果爾，爲尋一好事者與致來，卻與寫渠所要文字也。龐老《傷寒論》，前袁道人一見，欣然欲了此緣，遂便與作序，并以新抄數本付之矣，不知師舜更用就成都開否？若欲開印，報示元監院，歸時并寫序一本去。公住持大綱不愧古人矣，然有論者云：「六祖可謂具三十一相。」因怪問之，乃云：「惟有用俗家兄弟作知事，尚缺此一相耳。」亦計是未有可委人，計在事必成，故如此。然事之成敗，渠自有數，但付與十方人如何？東行不見西行利，謾及之矣。《四家録》已領，甚惠，得暇手寫一本奉寄也。

35 又

頓首。頃相及，蒙回書，語雖有疏密，如對德人之度則一也。徐沙彌遂了僧緣，亦是於吾二人有宿因耳。知命留此兩月，三月十三日解舟去，二十九日方發瀘州，計今亦須到涪陵矣。圓明極機穎人，學道亦無早晚，但顧其行動，似非行腳耳。然煉丹砂極妙，留二十兩，甚於衰晚有益也。知命要疏入南方，乞無礙供，因爲極口勸施主。其中語似有傷手處，似折屋開路迎佛，不略爲老鼠惜巢窟也。今亦寫一本付祝君，聞祝君於佛事甚信向終始故也。張廣之、劉景年、房伯庸之子，知命皆留紙軸在此，亦略寫得後便寄去。范家僧來意勤懇，不易。得見范子正朝散及龔美、師舜，皆爲致千萬意。所問南歸之計，於此既不負人債，既有官便有俸，又有行券，則不須取於人。某度告下須在五月半後，此時江已漲，不可下峽，當往青神覲家姑，少從容山水也。舟師行，上狀草草。

36　又

頓首。奉别忽經歲，盡懷琢磨之益，何日不勤？既移座城東，想法音清圓，六種震動，粥足飯足，道俗歸依。自此且不至憂俗諦中事，一向晏坐，但不知得力句舉似誰耳。徐沙彌久留此，甚謹約，書字極進，但喜作偈頌，更須炙尾翠骨耳。江安須住十餘日，元監院歸時，更奉書也。十二月十一日，馬湖江口書。

37 又

白浄飯想寢食清健〔一〕，阿難難陀輩各安否？祝有道性亦疏逸〔二〕，然常以作佛事爲念，亦是宿有少香火緣耳，亦隨事令歡喜而行。知命得過夔州書後，不復有一字，計以小婢又産子於荆南，復留滯耳。方廣欲更來相見，已發書止渠，恐荒寺㯶耘未浄，不可數棄之來耳。四十、牛兒輩皆在戎州〔三〕，得書甚安。

〔一〕想：《寶真齋法書贊》卷一四作「相」。

〔二〕性：原作「信」，據《寶真齋法書贊》改。

〔三〕皆：《寶真齋法書贊》作「比」。

38 又

頓首。前日大師來，奉所賜書，并寄惠石刻，皆領。承遂赴昭覺之請，安衆處穩便，亦是佳事。既陞座作獅子吼，想欃槍者當皆調伏矣。所教戒文信事皆悉，文信於此極妥帖，人亦愛其素行不染，故饒渠亂作偈頌，胡寫行草耳。舍弟知命不幸没於沙頭，老年失手足，哀痛可知。十數日來，極苦心腹痛，兩日來似小愈。知命五男二女，託在老夫，爲無可憂，但痛其狂心未歇，倉猝捨壽，不知臨行抵擬邪！元公爲不肖治少俗事，又暫歸。奉狀草草。才般上船，即遣文信還左右矣。

39 又

頓首。承來旦欲早行，今夕復可會宿尉廳否？石刻文納上，并以銀五兩、紗五疋，聊助買石僦工。極愧輕瀆，然相去塵垢之外，此亦不能免俗，願勿推拒，幸甚。

40 又

承頻以深衣不還爲患，不足繫懷也。往嘗作兩深衣，其一在陳留時，爲穴坏之盜所取，今其一又爲少年子取去，其義均耳。世人裁衣當擇時日以避，或爲災怪計，此深衣裁時，觸逆大小耗輩耳。相遠，會面未卜，聊寄一笑。今晚不過此，豈遂與南禪會宿邪？已令就雍熙具飯，早可同南禪過同飯也。祭圜明大師文草子莫在彼否？或不在，彼必曾鈔得本，煩録示。

宋黄文節公全集・續集卷第七

刀筆

離戎州至荆渚

1 與東川路分武皇城 樂共城〔一〕

比幸參識，數同宴席，獲接緒餘，實以爲慰。恨羈旅瑣瑣，不能少致殷勤，但深愧爾。别來數日，想旌旆到城安穩，寢食之味勝常。某尚以船未到，到即般挈而東，至江安，可修起居問矣。未間，伏祈厚自愛重。

〔一〕「樂共城」三字原作大字，據《山谷老人刀筆》改作小字注。此謂東川路分鈐轄、皇城使武辯叔時駐樂共城也。樂共城屬瀘州，元豐五年置，在州西南二百六十里，見《元豐九域志》卷七。

2 又

本欲奉謁，到江安數日，即謀拜書，請遣鞍馬。而江寒泥深，略無一日不雨。聞上樂共道險滑不可言，以此遂不成行，踰約甚愧。計中州相會亦不遠，所恨不得一窺小閣光輝，及見黑解子家祗候人耳。有戎州舊曲數闋，到瀘州得暇當寫寄也。

3 又

斤竹若早得數本封來，甚幸。摺疊卓子，必爲留意。青白花通裙，試爲尋數條，即納直也。徐福、張安久此使令，頗會人意。有李三者，是一婢子之兒，略垂恤也。相望咫尺，阻此山險久雨，遂不得一瞻旌旆之光，良以耿耿。

4 又

頃幸從容，深服高明，遇事快盡表裏，恨當路諸公未相知，猶在閑處耳。别來不忘懷想，治行匆迫。到江安日，苦追送之客相仍，故不作書，因循至今。首辱賜教，恩意千萬，感服無以爲喻。元春大慶，伏惟履道平坦，百福所集，飲食之味，有神相之。咫尺不能參謁，臨書向往。伏祈爲國自重，以須陞擢。初八日，庭堅再拜上辯叔路分皇城閣下〔一〕。

〔一〕「初八日」以下，原無，據《山谷簡尺》卷下補。

5 又

獻歲不共壽觴，惟有祝頌。惠酒殊佳，斤竹甚如法，弓弢、通裙亦精緻，併佩珍貺。所須大字，已書兩篇，作卷勝作幀，故不復改。碁子甚好，但太大，又數少，只得如廣之所用小者〔一〕，不須極圓，黑白皆石，每色二百二十箇，便適用矣。本欲初十日下瀘州，以信道挽留，十二日即行矣。遠別，曷勝耿耿，然公自當翱翔中州，相見不遠矣。

〔一〕小者：原無，據《山谷簡尺》卷上補。

6 又

前日發徐福回，上狀當已徹几格。次日復奉手誨，寄惠筍芽、山藥、木筍，甚荷眷意。摺疊卓子煩調護。曲盡物宜，荷眷恤之意不淺也。惟是見招之諾，以泥雨不能一參詣，甚媿。度君子盡人之情，必不見訝。臨書傾向，春寒，伏祈千萬珍重。行慶鋒車之召，入當超擢。

7 又

別來何日不懷仰，即日閤中娘娘安勝，小閤宴裕，解將軍時同淺酌否？前聞在戎州買生犀不得，不知用作何藥？比解一株犀作帶，頗有割落者，或須示諭，當分送四兩。又寫得扇四枚，但以非時，或要亦上納。某十五日早即發矣，撥忙上狀，極不如禮。

8 又

專人來，奉牋記之賜，恩意千萬。審履春日用輕安，開慰無量。別紙所諭，敢不在懷！公才器不碌碌，年又强壯，朝廷清明，用人如不及，豈久留公在瘴鄉也？然有可以致言之地，不敢不少助頡頏，但恐人微言輕耳。方此阻別，臨書傾想，千萬珍重，以須超擢。

9 又

多陰少晴，天氣殊未佳，即日起居何如？伏想貴閤郎娘皆勝。寄惠酒醋，極荷勤重之意。旁近酒多苦澀，府中瓊酥可飲而難得，惟得所惠，與賓客朝夕同之耳。扇面六枚謾遣上，并解生犀四兩，助珠女作涼藥。輕觸〔一〕，悚惕悚惕！前道別奉狀，數日方輟得，五鼓之頃作書，勿訝滅裂。

〔一〕觸：據文意當作「瀆」。

10 與宋子茂殿直

頓首。昨辱主禮勤懇，感愧！新醞殊佳，不謂遠方乃見漢官儀也。三分醬臑和甚中節，白芍藥、茱萸皆好，極荷垂意。云主簿家豌豆醬甚美，可爲乞一斤，煩作三分乳醬爲路糧。此有一甕子，壓在笭箵衆物下，不可取爾。山朮分上一塊，并油拳一軸，武宗道筆十枝，謾持往。昨晚開木龍巖路，掃除，卧其下，極清凉，恐瀘川避暑之地，幽遠明清皆不及此。不知城中嘗有士大夫聞此間真境否？夜來膏雨，未必非木龍之功，蓋掃除清潔，神物之應也。

11 又

頓首。羈旅經塗，良得故人之助。不敢久稽朝命，遽此遠别，甚耿耿。經宿，體力佳否？王事勞勤，不可不勉力。主人相待甚厚，更思所以報之。六庫之綷，易致煩言，唯少加意。

12 又

新醞尚有，故不復遺餅去。練絹并買乳一斤，得人送去納溪，幸甚。瀘川二佐手簡令人送達。木龍巖久幽而復顯，亦非偶然，得主人一往湔祓之，則自此光輝日新矣。要須背卻水筒，則巖前不復沮洳，巖上水滴晴數日即斷矣。

13　謝瀘川贊府

頓首。捐棄漂没，人不比數，乃幸辱臨之，欽佩至意，無以爲喻。經宿，伏想起居輕安，王事不致勞勤。某多病衰茶，不復堪人事，無緣參候。乘晴遂行，未有再承緒言之便，千萬爲道自重。

14　與郭巡檢

頓首。經宿，想在公安勝，侍奉尊堂太君萬福，令嗣勝裕。經過，幸累日款曲，亦愧喧動多也。遂此遠别，千萬勤官自愛。

15　與處善使君

再拜。奉别二十年矣，雖音問兩不通，而懿親從在也。往伯氏參軍於會稽，頗蒙顧盼，知公不以榮悴有所畏避。比有行役，當出貴郡，幸於參承，切自喜也。夏熱暄濁，不審尊候何如？伏惟萬福。某今早發新喻，來晚可瞻望。不敢作公衙，自疏於左右，伏幸照察。

16　又

别來，至親至舊下世者相望，念之有不勝情者矣。公雖富於春秋，想及此，何能不悵然也。

17　答檀敦禮

辱手誨勤懇，并煩録惠東坡《英州橋銘》，雅文傑思，讀之清風生於齒頰之間也。撥冗奉狀，草草。

18　又〔一〕

庭堅頓首。昨日承屈顧，方煩方回來辱。多病之餘，當此酷暑，得涼處，隨意寢吪，似無主人意，想不復相責望以此耳。奉手誨，喜承晨起侍膳安慶。惠古器，荷佳意，愧無古人之風，空受來賜耳。石刻已領，諸畫及藤紙軸似須付之秋涼。天氣如此，又多病疲薾，頗能哀此老子，使留氣續喘乎？所謂「阿翁懶惰久，覺兒行步奔」也。昨日二軸，各題數字去。庭堅頓首，敦禮秘校足下。蘭極爲珍惠，此亦可作小詩奉謝，但倦甚，恐未可便得耳。（《山谷簡尺》卷下）

〔附底本〕

奉手誨，喜承晨起侍奉安勝。惠古器，荷佳意，愧無古人之風，空受來賜耳。石刻已領，諸絹及藤紙軸似須付之秋涼。天氣如此，又多病瘦茶，頗能哀此老子，使蘇氣續喘否？所謂「阿翁懶惰久，覺兒行步奔」也。昨日二軸，各題數字去。

〔一〕此篇及下篇，底本不全。今改以《山谷簡尺》爲正文，以底本爲附録。

19　又

庭堅頓首。辱手誨，喜承經宿侍奉吉慶。所諭作字，得涼得暇，又病軀可蠹没，必須下筆。二詩須略有思，乃可成耳。犀簪已領。婦弟齋郎想佳勝。庭堅頓首，敦禮秘校足下。（《山谷簡尺》卷下）

〔附底本〕

所諭作字，得涼得雨，又病軀可蠹没，必須下筆。小詩須稍有思，方可成耳。

20 又

伏蒙手誨，存問勤懇，感慰。牛兒，知命第四子，從來過房，育於不肖之所，機警渾厚，異於常兒，愛之實等己出。一朝失之，無地寄情，不病而百體皆痛，人事盡廢，其情可知。承奉侍至公安，即須往來衝冒，宜珍愛。三軸文字得暇當寫。杜子美云：「十日畫一水，五日畫一石。能事不受相蹙迫，王宰始肯留真蹟。」收書者亦欲精耳，貪多不擇，亦是一病〔一〕。

〔一〕自「三軸」以下，與《山谷簡尺》卷下所録與檀敦禮又一簡全同（見本書《補遺》卷四），今兩存之。

21 又

頓首。今早辱車馬屈臨，得奉對小頃，欽服俊誼。病餘萎苶，又嬰私故，未果參候。伏奉手誨，喜承晚刻安勝。惠建溪，感刻感刻！未果碾試，觀其名品，當皆不碌碌耳。書三軸，各題其末。唯東坡簡一卷，并詞語，皆髣髴象類爲之，玷污先達〔　〕，故不得不辨也〔二〕。揮汗上狀，草率。

〔一〕達：原作「述」，據《山谷簡尺》卷下改。

〔三〕辨：原作「卞」，據《山谷簡尺》改。

22 又

頓首。江頭烈日狂風，令人眩冒，又賓客相及，故奉答來教稽緩。城中盛熱，不審體力何如？所須止止軒文字，老人多病，不復能經構作文矣。樛中書三字，此戲具皆在承天寺，他日或因興可作。《山蕡》詩，亂書中檢未得，得即送。

23 又

頓首。今日到鷄鳴寺，爲亡弟散道場。飯僧罷，因過紫府，得所惠教，并貺含笑花、藤合、茶匙、大筆，恩意重復，何以當之！所送東坡、伯時畫，皆非此二公翰墨〔一〕，度足下未嘗見真筆，故可謾耳。畫贊跋尾并草一軸，并往，一翰并一帊且留。莫夜眼花，都不成字。

〔一〕非：原作「服」，據《山谷簡尺》卷下改。

24 又

頓首。辱手畢勤懇，惠示知命舍弟簡札，對之哀楚。所留軸寫得〔一〕，今送。大年兄弟畫、惠崇九鹿、徐白魚、李宗成山川，雖名品不高，皆非贋作也，俟得暇題去。東坡、龍眠畫，決定不是。東坡畫竹多成棘，是其所短；無一點俗氣，是其所長。此畫柔媚而俗，惟枯木是丹陽高述筆也。龍眠畫馬似吴生，爲其行筆神妙，此畫無筆，故可知耳。

〔一〕留軸：《山谷簡尺》卷下作「留紙軸」。

25 又

某重辱手誨，喜承晚來日用輕安。端研亦佳，謾作數語其下，衰老闒惰，不成文也。嘗有人作一大鏡研見惠，下有足，因戲作銘，旦夕得暇，當謾寫去。《砧研銘》了亦送。漸欲省去長物，不須惠貺也。

26 又

頓首。伏奉手畢，喜承宿昔起居輕安。惠建溪官焙二餅，皆佳物也，感刻感刻！書砥兩試用之，乃大妙，輒受賜矣。桂林大研遺往，若齋中未有此，可留充一物也。兩帊合併納上。

27 又

頓首。辱牋教相及於道，甚荷勤意。顧衰朽不堪事，常稽緩耳。桂林大硯但留之，他日不能將，則置尊府處耳。盛暑，賓客之餘，氣不給喘，奉答草率〔一〕。

小山殊佳〔二〕，當作小詩咏之。銅器是古人物不疑，以其製作精密也。作壺牀而方，謂之方壺可也，若欲銘之不疑，須古人可作方耳，并遣回。

〔一〕答草率：原脱，據《山谷簡尺》卷下補。

〔二〕「小山殊佳」以下原與上句相連，《山谷簡尺》另起行，今從之。

28 又

頓首。病餘苶然，殊不堪事。以翟漕到三四日〔一〕，義當一入謁，已不勝委頓。適飯表弟家，因解衣就卧，俟小涼，復拏舟歸卧沙尾，豈可復勝冠帶相見？古器森然在眼，恨不得往。入香雲餅，佳惠也，感刻感刻！

研山如可乞〔二〕，幸見惠，欲與同借試晬也。

〔一〕翟：原作「習」，據《山谷簡尺》卷上改。

〔二〕「研山」以下原無，據《山谷簡尺》補。

29 與李翹叟法曹

頓首。盛暑，日苦賓客，未能一詣館下。重辱不愠，惠賜存問，恩意勤重，感激感激！詩句清麗，欽愛無已。欲以褚河南所臨書見惠，雖甚愛之，恐不可輒奪所寶，更須面議之。脇瘍小平，當試臨寫，但恐不能得髣髴。此蓋前人妙絶之迹，雖褚河南英氣蓋世，所到但能如此，况老皤初無學術邪！瘍雖小潰，尚妨運肘，上啓草草。

30 又

前日辱寵顧，得奉緒餘，小慰懷仰。一雨雖未救枯涸，亦略慰人望矣。伏惟宴居閑適，日與才叟令弟同文字之樂。草書枕屏一，東坡新作卷一，《黄庭經》卷一，謾送，此豈可答文賦之重？他日每寫得小佳，輒用塵書几也。

31 又

頓首。前日承寵顧盛厚，方霍亂吐利，少得寐，子弟遂不以告，失於迎展，於今爲媿。

東坡詩猶未録得，録了即送，勿過慮。欲更寫數軸，所謂心逮力不逮者。

32　又

辱手誨，喜承日用輕安。盜書，衣冠者未必然，恐奴輩喜事者挾藏耳。東坡書無恙，勿深慮也。

33　與張中叔

再拜。班荆相語，一别又八年，昨日略望顔色，未慰馳情。屬表弟周元章入都，昨遂費一日，亦遣人至所館問軒蓋，承侵晚未歸，遂不得參詣。旦來伏惟起居萬福。今晚八府中蒐閲，兵輩盡去，不可出，來日方能往拜見。謹勒手狀。

34　與馬中玉金部

再拜。今日以兵輩去赴蒐閲，至今未有來者，故不能遣記。承動静，天氣又驟暖，不審尊候何如？新傳得東坡、少游文字，旋鈔已數紙，聊慰獨夜未眠。綉書襻奉兩枚，亦有清致，不知用之否？

35 又

再拜。伏蒙手誨，并辱佳句美酒之賜，欽玩風味，頓解昏睡。率爾奉和，當面一笑。翹叟聞今夕宿紀南耳。《醉道士圖》，忽憶往時到陳州門外，追送一遠客不及，見壽星觀道士十餘，髽鬊如此，但無犬舐吐耳。

36 與黄益修

啓。久尋御史賢宗之盟，南北無從問曲折，前日方知伯仲居此城中，欣然願見，乃承敦睦垂顧，甚慰所望。適以癰瘍未平，未能往拜家廟。重辱誨示，并惠羊麪，感刻感刻。三兩日同推官弟到宅矣。三兄且爲問訊千萬，諒正同此意。諸少皆奉起居，他日令參拜也。

37 又

辱手畢，喜承體力輕安。惠新瓜，極荷分甘之意。族譜今早端己兄訪及，觀之，因攜去，乃就取視也。沙頭烈日暴風，令人眩冒，作記草草。

38 與黄諒正

頓首。昨日謝二弟寵顧，并惠示先侍御文集，細讀之，言簡而理致閑遠，必有所勸戒譏切然後作，真足以垂世傳後也。略遍，未能深窺，猶未極其用心處耳。旦來便熱，體力佳否？藥物因檢得者謾送，并欲合之方同往。白丸子便丸得，幸甚。

39 又

承手誨，喜諸院皆安勝。惠琉璃鍾，佳物也，感刻！但媿德薄，殊不稱先侍御之用器耳。金蓮之供，甚荷明潔之意。

40 答黄端己

再拜。比聞徙家在城中居，欣然願見。適以多病，未能入城，尚阻參詣，乃蒙敦敘，來顧舟次，何慰如之！未果到宅，又奉賜教，勤懇勤懇。承宿來尊候萬福，開慰無量。謹勒手狀。

41 與李深之

頓首再拜深之通直同年兄：早來，略得瞻望，深慰數十年懷仰之勤。晚刻，伏惟尊候萬福。伏蒙賜教勤懇，繼以羊麪之餽。公春秋高，子舍方心喪而未禄，何以能如此受之？雖感刻，而愧滿顔耳。謹勒手狀謝。

42 與周達夫

頓首。欽仰清修舊矣，兹蒙不鄙，惠然見訪。竊觀風度，沈深清浄，自信自得，不加琱琢，所見過於所聞也。雖未能從容求益，極知是吾道中人，當今人物眇然，豈易得哉！特以盛暑，又苦癰瘍，不能少作薄主人，以接清論，於今爲恨也。卜參候之期，尚須逾月，伏冀爲道自重，以副敬愛之願。

43 又

頓首。久爲萍客，煩内外親舊多矣，愧悚不可言。辱書勤懇，餽米麪及數種，恩意曲折。衰朽無堪，何以得此於長者邪，感愧感愧！承旦夕遣人如端彦，此美意也。聖人云：

「供養百千阿羅漢，不如供養一無心道人。」如端彦，朝夕與之游，真有益也。方阻參承，臨紙懷仰。

44　又

舍弟兒子過，承存問，感刻感刻！仲良早世，使人氣塞。秋冬相見，渠有遷善悔過之心，甚爲之喜，不謂遽棄其老親而去，極可悲怛。然季堪有骨氣，亦沈實，似可慰其親意耳。窀穸之事，煩公與元老議，每慎舉措，爲上石刻，於兄弟無盡也。

45　又

昨承過仁者之里，得見隱居之清勝，使人有蟬蜕塵埃之意。然迎來將往，辱軒蓋甚勤，愧不可言也。專人惠教勤懇，悚惕悚惕。審比來日用輕安，良慰懷仰。堂室榜寫去。奉新縣二鼓，驛舍中有滴階雨，鐙下眼花，奉狀如此。

46　又

元老數相見，此盛德之友，甚欲從容求益，叩其別後所得，乃以卧病月餘，都不通問，自覺胸中俗塵生也。已作奏，再乞郡，冀得垂聽，則可荆州款曲相聚也。倦甚，未能作元老書，且爲達此意。

47 與人

脇疽今日來稍愈，尚未全安，故如老將守城，賢養之不以其道，必不得其意耳。未緣面會，惟有懷想，千萬珍重。

48 與鄭彦能

頓首。昨辱遣賢郎惠顧，但恨索然匆遽，不得少從容耳。奉手誨，喜承眠食安穩，赤白無害。不肖所苦政如此，但用昨三方，雖未即效，不爽調護也。族弟友諒，伯父侍御照之子，知醫書，慎重慮深，不以人之疾苦嘗其巧。其人性行甚良，儒者也。但令令似往刺見之，即可邀至龍安矣。此人無所邀求，不肖病月餘，只是此君斟酌藥膳，守之數夜，遂安耳。

49 又

某頓首。奉手誨勤懇，所以撫憐患災，恩意彌篤，但增感塞。承服藥，雖有所下，而疼痛未已，積未盡也。今夕更可投一粒，若下太甚，則宜服理中丸，雖宿繼三四服可也。若不大下，緩服之。某伏枕已二十餘日，至今未成十分完人，未能上謁。

50 與人

龍安想不甚涼，田子平家博古堂，清風永日，可速駕來此，主人虛心相待也。某上。

宋黄文節公全集·續集卷第八

刀筆

荆渚

1 答蘇黄門

啓。去遠門牆，積有歲月。棄捐漂没，不當行李，修敬無階，惟深瞻仰。謹具狀。月日，某狀。

2 答王周彦

奉别來無日不思念。四月到荆州，五月、七月兩大病，皆幾死，幸復濟耳。而荆州親舊多，無日不來，百事廢闕，以是絶不能通書。太守所遣二卒來時，方大病，辱賜教勤懇，又賻恤之，荷不倦之意。承太夫人尊體康强，何慰如之！太守賢明，留意學校，公平時以所聞推之鄉里後進者，今有所申，此亦可樂。某大病之餘，瘦茶幾不堪事，乞得便郡，甚如所欲。一到鄉里，以小兒未練事，寓家沙市，不能使人無耿耿，因循留滯至今。所欲《學記》欲下筆者屢矣，輒爲賓客攪擾，又不成。病來精神未復，不能如昔時談笑中可成文字也。二卒遠客，久煎迫欲行，亦人情也，故且遣回。舟中行無賓客事，度可成，成即求便奉寄矣。撥忙作書，不能萬一，千萬爲親自重。

3 又

變故不常，承莊叔、教源相繼捐館，可勝嘆惋。公手足之義至厚，仁及宗黨，當此何可忍割，奈何奈何！莊叔之子既宦游居喪，亦可教以詩書，計可無憾，不審教源有子否？亦可教邪？斌老不幸，爲痛惜之累月，其親及兄弟之情可知矣。何宰知其爲佳士，但相遠，監司輩非深知，雖已言之，恐未能有所益耳。元帥惠書及珠子黄，甚荷渠雖遠不忘之意，但以病起，不能多書，且爲道謝之。定國得洛倅，似少慰意，亦得渠秋末書。

4 又

伏蒙垂意於學舍，振數十年因循墮事之敝。廟學崇成，一新士民之耳目，可謂知本之政，不素湌之效，甚感甚感。今日士大夫，能者救過而全，不能者偷安以待滿，如公禮邑中賢能，教士民以孝，或曠世所無也。如某之不肖，病棄廢學，日就衰朽，恨未得承餘論、求少益耳，懷仰懷仰。

5　與王雍提舉

頓首。數日苦食他家食作病，稍自將節，得小愈，又苦賓客寢訛，不得自便。眼花頭眩，而兩癲兵煎迫如火，不欲久留之。今日偶意思小佳，且寫得數篇遺回。大概佛法與《論語》《周易》意旨不遠。《論語》大旨不過遷善改過，不自覆藏，故「君子坦蕩蕩」，「入太廟，每事問」，「知之爲知之，不知爲不知」。天地同根，萬物同一氣，故曰：「吾無行而不與二三子者，是丘也。」《易》曰：「神而明之，存乎其人」，「苟非其人，道不虛行」。但諦審諦觀當如何是其人，莫認只令弄影戲漢。若識得人，萬事成辦，元不欠少。北窗日欲落，來人請行，不能一一道所欲言，千萬珍重。

6　答王觀復

頓首。卧病二十餘日，幾死者數矣。今定不死，但氣劣體瘠，四五分人耳。忽奉手誨，歡喜如從天上落也。小女所苦不過是瀉痢，但用藥投去積便安矣，雖休息五色，皆易愈耳。略垂訪，解衣相語少時，卻往治病，書此已倦，甚草草。

7 又

頓首。病中忽得相見，歡喜不言而喻。兩日車馬之音闃然，方切咏思，辱教，慰釋無量。詩句穩實，殊進於舊，欽愛欽愛。土宜之惠過當，感愧感愧！承明發見訪，治飯奉俟，同盤半夏，謾及之耳。

8 又

頓首。兩三辱手畢，坐報應人事，晨出夜歸，不能作答。風日小冷，不審起居安否？置飯元約不定日，得暇即去，何呼喚叮嚀如此，遂敗幽尋之意。來日或翟户部不見訪，即同興上座奉謁。但作一杯虀，不和油醬，熱煮菜以侑飯，此安樂法也。其餘俗物，不用登盤矣。

9 又

頓首。辱手誨，存問勤懇，審體力輕安爲慰。二篇皆佳作也，欽嘆欽嘆！惠楚人之食，群兒殊喜。老眼昏花，草草。

10 又

頓首。奉别回舟，乃復惘然，蓋好學知言之士，或千中得一，所以相遇不能不欣然，相失不能不悵然耳。風雨不静，想行舟三日，亦得泊松滋閣中。及諸少皆佳否？元操書納上。見興公，言公乃欲得舊紙扇，今封上十柄，餘須他日便風也。十月十九夜漏下三刻。

閣中孫文懿之孫思道，亦是族兄。思道即某外生張協之婦翁，相見願致老舅之意。

11 答向和卿簽判

頓首。昨日方裝船，又值客，辱手誨，不能即上答，悚惕。旦來風慘，不審起居何如？伏想王事雖勤勞，退食不廢文字，自有以樂之。惠示寄少魏佳句，疾讀數過，氣味甚不凡。惟是推獎過當，極非小醜所敢當之矣。寄鄒松滋三篇，謾抄呈，不足報貺也。因出行縣，道塗乃可讀書。不肖往時作葉縣尉，一月率二十日在馬上，然用此時讀得前、後《漢》最熟，至今得力也。暫别，不勝馳情，千萬珍重。

12 又

再拜。昨日幸獲瞻對，旦來清寒，伏想起居清勝。建溪數品，行縣疲困，恐或須耳。

13 又

手啓。伏奉手畢，承行縣還，道塗安穩，眠食不爽調護，良慰懷仰。佳句惠貺，伏讀欽嘆。謹勒手狀道謝。許垂顧，敬拂榻奉候。

14 與峽守

與公同出於江西，又嘗官仁者之里，先公舊出於侍郎之門，士契臭味實不疏遠，相聞願見久矣。隨官南北，無參對之幸。比承出官夷陵，謂當道出荆州，可以占望，又此相失，惟有嚮往。春寒，即日不審何如？伏惟仁厚德民，下車未幾，已聞美政之譽。相望一舍，懷仰不已，伏惟爲國自重。謹勒手狀。

15 與聞善二兄

再拜。久聞晦甫伯父，負天下大名，志不遂而捐館於道，常恨不得見其子孫。今乃得識面，又見家集，慰釋無量。比蒙不以衰疾未得參候，先垂屈顧，既深歡喜，繼以悚惕。三二日間，私問少間，即詣左右。謹勒手狀。

16 與顧之八舅

頓首。百憂衰疾之餘，天末會面，且悲且喜。恨車馬暫來即去，不得款别後日新之學耳。夜來本欲亹致病軀，奉爲寫遺經堂字。既承誨諭，來日未定成行，故到家即就卧耳。朝夕寫得，并草書篇送十一推官所，可乎？度只費一莊夫耳。來日果上道，千萬珍護。八妗縣君不果拜别，婦婢輩恨不曾一請得魚軒屈臨耳。

17 與通叟姨夫

頓首。累日多故，不能參候，惟有馳情。承風雷頗驚逆旅，喜承體中安健。天地大逆旅也，人寓其間瞬息耳，此逆旅尚足驚邪！

18 與范德孺龍圖

旦來，伏想台候萬福。嘗蒙重諾有鵝可以過飯，來日欲以蒸鵝盤兔具早膳，敢邀屈一臨保安書院否？貴煮湯餅之類如法耳，可即早煖轎奉迎。昨日幸奉餘論而忘疲茶，今日又似小勝耳。

19 與王全州

《盤石廟碑》中有誤，失一「兮」字，可令摹工取一「兮」字大小相似者充入〔一〕。字既差大，篆額如此乃相當。然二書皆不工，顔魯公所謂「取其字大可久，不復計其工拙」者也。

〔一〕入：原作「八」，據《山谷老人刀筆》改。

20 與歐陽元老

頓首。辱書勤懇，審事物膠膠，而無位真人常閑常樂，甚慰懷仰。李仲良遂不起，渠白髮之親何以爲懷？季康又在數千里外，非元老調護之，便不得埋所也。多日欲遣人往致奠，而賓客紛紛，不能得少暇，故稽緩如此，殊非本心也。公既落魄於宦游，俟春上道亦佳，衝冒寒雪而行，竟何爲哉！某既留滯至今，往往爲兒輩作。冬乃行，繼此可時修問。臨紙懷想，千萬珍重。

21 又

東坡遺文得之甚慰，已付濟川姪抄，抄了即遣上。前承攜觀復手抄一册去，若抄了，煩因便送示。近詩與公，已録上矣。端彦得音問否？前惠青精飯，制作雖不爽古法，然米太碎是一病，須要篩米，令粒粒相似乃爲之，陶隱居所敘亦如此。承是達夫家作，殆未如古法。又人家作飯多不篩去細米，不知篩下者作糕自不爲失耳。端彦相見，爲問訊千萬。想寡欲易足，少求易供，久住賓客，各得所也。鄂渚、漢陽間山水極佳，不知端彦能來否？達夫萬福，相見必數。比來讀書，想益有味。觀夢幻，不可令般若頃刻不見前，秋毫不盡，天地懸隔。比得雲巖新老書，此老人愈更活潑潑也。清公歸所受業院，武寧之高居，想甚得所也。某昨日到鄂渚營居，蓄新米，遂有抵當錢過百千。今從季康貸二百千，或可得，煩敦諭，早遣爲佳。萬一別有議論，恐不須，亦只用器之類在官中矣。漢陽定居後，可數書也。

22 又

頓首。雨寒滲滲，不可往來，惟有懷仰。旦來色力勝否？端彦亦能踏泥到家乎？《砥柱銘》得人事之餘遂寫成，今送，并二席同往。

23 又

頓首。别來無曰不懷仰，顧俗事衮衮，疏作書耳。伏奉手誨，喜承舍中小大安宜。寄南蘇殊佳，湯餅之材，亦應所闕，感刻感刻！比得高子勉來，作詩極可意，恨公不同之耳。李宅得季康歸，想安堵矣。數日尤苦賓客來，所以久留來使，愧悚愧悚！見季康，爲道意。恐人有暇，送占米十石頗濟用；或未暇，亦不固求，此就近斡之也。三兩日分雙井佳品去。對客上狀，草草。

24 又

頓首。相見亦無可言，而奉别無日不懷仰，此亦何理哉！顧笙磬同音者難其人耳。辱書勤懇，審日用安宜，舍中長幼勝裕爲慰。承月初赴吏部，方寒上道，衝冒不易，千萬珍重。

25 又

頓首。累日淹觀風度，知游於世者甚逍遥也，恨相從不數耳。今日想便出城，衝冒風露，更希將護。蜀紙一二百是自令造者，殊不凡，故謾送，恐可作《太玄》。草草。

26 又

頓首。別來無日不懷風誼，但疾懶不能作書耳。季康人至，伏蒙賜書勤懇，如獲面對，忻慰可知。承逍遥山水間，日得般若之味。觀空觀夢，竟何所有？人間事不滿笑，又何足言。某本已定居鄂渚城南，在所止鄰巷皆仕人家，稍稍繕完，亦無大費。今又閲新制，當避范德孺，亦已於漢陽治第矣。德孺到，即遷過。老來眠食之味不減去年，但極思會面，同此悠曠。寒澀，珍重。

27 又

昨謀爲田宅事，不甚響應遂已，亦非汲汲。謾經行之地，故甚欲得之。然托人往問，語輒再三，難共語也。然此君意在東歸齊地，其勢他日必賣。倘可得之，餘不足問也。比亦有數小詩，賓客衮衮，投閑作書，未能録寄。

28 又

到都下，惟節飲食、慎言語，安樂之道也。比來士大夫喜倡游言，是大病。若聞紛紛，可如飲冰，但銷入腹中耳。

29 又

到都下，可首往謁陳履常正字，此天下士也。謝愔公静，讀書知議論有餘，處衆人中，有以自持者也。周壽元翁，孝友之行，如冰如雪，學問自將，不易得也。公静之弟悰公定〔一〕，元翁之弟焘次元，亦皆衆中落落者也。鄒志完、陳瑩中萬一在都下，不可不求見。建溪數中時，下碾皆妙，難以同味，故以奉寄，此種都下亦難得也。寄惠精飯湯餅之材，荷不倦之意。

〔一〕悰：原作「悦」，據《正集》卷一奉答謝公定詩任淵注改。

30 與文舉

自文舉丁大難，不能再至服舍，負負無已。奉手疏，伏承創鉅痛深，孝履支持，實慰懷仰。示喻得諸友之言，深自懲艾，甚善甚善！古之持喪，須言而後行者乃言，渴於百日而墨其衰，晏然以是從人邪？公有高明之資，故敢言耳。舟已解，來人索書，極草草。

31 又

舊時一詩，辱蘇公賞音，亦何能稱提奬之意？承見索不已，故謾寫去，甚點污此江南紙也。可留齋几，不必刻之西山。

32 又

別來三得書，皆勤懇曲折，而不肖曾不得以一字通左右。雖出於老懶不解事，而亦以公荼毒累年，思念深矣，蓋無所事此耳。前亦以文潛之銘既詳書，又其言不朽之言也，亦遲遲於作表，今則不暇作矣。其文則已畢，他日可成斯事。居喪哀疚，自悔事生之有不至，而痛自癯割，日月如過隙矣。此所以厚行敦本，里中之士取法焉。某竄宜州已治行，略通此道別，臨書惘然。十一月十七日。

33 又

辱書，恩勤千萬。惠建溪名品，嶺南所難得，荷惓惓不忘之意。某治行已有緒，即嫁女，則無一事。移舟漢陽，留數日，待親識之在旁近者。未緣瞻近，臨書增懷，千萬珍護孝履。十一月二十七日。

34 又

辱書畢，審侍奉萬福爲慰。來日欲無風即解去，又未能忘西山。公若欲作主人，但就西山置一飯，切不須爲具，臨時把酒，家中可草具也。

宋黄文節公全集·續集卷第九

刀筆

離荆渚至宜州

1 與胥彦回朝請

不肖雖托懿親之末，從來不淺，而音問不相往來，十五年於兹矣。昨舍舟登陸，來省伯氏於萍鄉，道出節下，謂當有參承之便，乃適使事遠向嶺表，郡中裴回，甚懷仰也。昨日歸，驟聞歸軒之音，歡慰無量。伏惟衝冒風雨，道塗良勤，少就宴息，起居安樂。太夫人萬福，日享甘旨之奉，熙慶熙慶！某更四五日即發此，瞻望伊邇，何慰如之！

2 又

伏奉手誨，審尊候安健，太夫人萬福，良慰馳情。專貺厨醖，敬佩嘉德。某來日可到城，即詣賓次〔一〕。昨在郡中，既承使節在遠，亦不敢遣人承問太夫人。然聞耆年耳目聰明，飲食如壯者，奉助歡喜也。今者到城，即當參省。雙井今年舍弟遣人送一斤許〔二〕，分上數兩，恐可爲老親一煎也。某江州之役，般挈舍弟一房同行〔三〕，勢須十五來人，邑中亦辦數人〔四〕，至三百里矣。恐郡中有買公用人，可到江州，得三兩人〔五〕，幸甚。或難得，亦不固求，自可雇人行耳。

〔一〕自「伏奉」至「賓次」，《寶真齋法書贊》卷一四無，但有「庭堅再拜」四字，下與「昨在郡中」相接。疑本是二簡。

〔二〕「雙井」句：《寶真齋法書贊》作「雙井今年第一，舍弟才遣馳送一斤許」。

〔三〕舍弟：《寶真齋法書贊》作「亡弟」。

〔四〕人：原脱，據《寶真齋法書贊》補。

〔五〕三：原無，據《寶真齋法書贊》補。

3　又

道出貴郡，喜於承教，伏蒙敦敘親親之義甚厚。違遠忽復改月，何勝懷仰！夏暑暄濁，不審何如？伏惟太夫人寢膳萬福。府中清明事簡，不廢溫清甘旨之職。退而宴閑，吉慶所會。區區方抵高安，幸無他。方遠談席，伏祈爲道自重。

4 又

夏氣煩燠，不審尊候何如？伏惟太夫人寢膳安宜，貴眷皆萬福。前因萍鄉人上狀，當已通徹左右。某區區，幸已達九江，舟陸賤累皆無恙。方阻瞻承，懷仰無已。

5 又

萍鄉伯氏蒙盛德之庇深厚矣，惟府中每追決人，爲患不細。因會議從容道其曲折，或幸垂照耳。前承留紙卷，道中寫得，附萍鄉手力回，不審徹几下否？

6 與知縣

頓首。在黔州時，嘗辱惠書勤懇，見故人萬里之意。竄逐之迹，不敢累親友，故例不作書，想能相照也。知當以十五日交印，想下車，忠厚之意，已浹百里，寢食之味，有神相之。某道出筠、袁之間，望貴部密邇，不能瞻望，臨書馳情，尚冀爲民自重。三月日。

7 又

區區憂患之餘，多病早衰，惟是公家父兄恩親之義，益勤而不倦，又得以小姪桓託於積善之閥，何幸如之！適以赴官稽緩，老兄弟欲款曲相見不得，少迂路一奉謁。亦恐公乍到，方治糾紛之緒，未可從容耳，然懷想甚勤也。蔡夙，家姑之子。家姑無恙，夙亦勤學畏慎，不敢有所謁，但欲知姓名耳。到萍鄉，別上狀。

8 與農沔染院

頃辱去年臨發桂府書，荷勤懇不忘之意。所寄勳師處錫盆十酒皆不至，兒子報柳和父所帶十酒亦不至，必是和父道中飲盡，此所謂「八佾舞於庭」，但可笑耳。即日想湖南春寒，起居健否？貴聚至長沙安樂？鄭侯有子否？比來客況何如？因書垂諭。某既還入城中，亦隨事安排也。殊未卜會面之期，臨紙惘然，惟千萬珍重，以忠孝爲宗，前對光寵。

9 又

比來幸旅食無他，但春初便大熱，或恐作瘴癘耳。奉煩指揮幹者爲買人參、附子，批諭其值，幸甚。見秦處度，爲乞佳墨一丸，攜來者已盡，已封書，忘説也。

10 與唐次公

宿來伏想起居輕安。奉煩致意許子温，有南鵬砂，乞六錢作一藥。子温既盡日不在家，公亦跧悶，幸早過此，同熟膾麪、鷄筍羹也。今日小漕行，子温須熟睡，補數日勞頓也。

11 又

奉手教，審宿酲未蘇，亦良苦邪？但勿早食，至申後思食乃舉筯，則食美，四體輕安矣。晚能出，過此來，幸甚。

12 又

早來起居健否？肯來同素飯，幸早命駕，有筍蕈，亦略似有肉味也。夜來爲公書得一卷，頗有功，少時亦與小許寫卷子也。早來既大雨，又聞千騎奉謁，必料來日亦不成行耳。

13 與崔供奉

久聞好事蓄奇書異物之聲，恨未相識。假道貴州，乃有參對之幸，何慰如之！小舟旅瑣，不能作公狀，謹勒手啓，承動静。

14 與人

今日極熱，南樓亦揮汗，深念夜中不可卧也。使宅有涼處否？惠荔子甘好，但比丁香一品不韻耳。

15　又

今日南樓差涼，亦解昏寢，荷垂問也。方苦焦渴，水飲不能有功，得枝上乾荔子，涣然冰釋矣。

東坡書千變萬化，恨家中所有散在諸姪處，不得使公盡見也。紙軸煩調護，極可人意。

16　與馮才叔機宜

廣僧自桂林回，得賢郎書，蒙垂問勤重。審涉冬寒，尊候萬福，開慰無量。閑居碌碌，汩没市井，久不能修敬，惟是懷仰，何日不勤？新師計在道，詔使鼎來監司，又有迎新送舊之勞，亦良勤邪！未緣瞻奉，伏祈爲道自重。

17　又

相望數舍，往來能道動静，一慰馳情。竄逐之跡，亦欲省事，以此或經時闕於修問。

唯是傾仰之心，何日不勤？天氣寒暄，不審尊候何如？伏惟幕府宴閑，寢膳安宜。參候無期，臨書耿耿，伏祈自壽。

18 又

前王紫堂入府，因附手記，當已通左右。盛暑更欲不可堪，不審尊候何如？幕府宴閑，時有清集否？周通叟去後，誰數相從也？二壻想時得安問。苟活於此，幸無疾苦，但暑月城中湫隘難居，又畏一番縻費也。未卜參承，引領深勤。頃所苦風氣當漸清脱，吉人神所相勞，更祈以煮湯針艾自衛。

19 又

昨兩奉狀承起居，計皆徹几格否？暑雨煩鬱，不審即日尊候何如？想令嗣進學不輟，二壻常得安問。伯氏猶未得歸到長沙書，不能不念也。比苦暴下累日，至不能飲食，幸今日小佳耳。未緣瞻望，懷仰實勤，伏祈自重。

20 又

中軍按兵至王口，不審旌旆同行否？宜、融、柳皆闕雨，甚者不能下種，賴自淮以東大稔耳。王秉來告，欲之大府，望得一差遣優便，才叔幸少垂意。人家子弟，終自護惜，或可委以事耳。

21 又

比王秉往桂州，嘗奉狀，當已通徹几下。即日大暑可畏，不審尊候何如？令嗣學有日進之功否？貴眷皆康寧否？某衰朽多病，又今歲大熱，幾不可過。幸數日雨足，米價稍平，亦與魑魅共樂時豐耳。伯氏元明得長沙書，所指射差遣皆參差，所欲得者多限年，又不可得，或且還南豐也。永州兩月不得書，計須候送茶人來耳。參承未卜，惟有懷仰，伏祈自重。

22 答李彦明知縣

頓首。到瘴鄉多病，老懶未能作書，先蒙存問，敬佩嘉德。承豈弟近民，邑庭少訟，時與朋友游會于枇杷陰中。兩兒蒙益多矣，兩孺子極煩差人取送，更仗彦明時時提撕，令稍嚴乃佳耳。不肖雖與魑魅爲群，亦極有生理，具家書及公養書中。病起尚未完復，作書不能如禮，恃知察爾。庚伏益熱，千萬爲民自重。

23 又

蒙書勤重，承邑中之政，豈弟而敏，民已信服，頗得譽，以及友朋。稍涼，起居清康，何慰如之！不審比來閤中安和，不須醫藥否？阮髯學館想益就緒，兩兒每煩遣白直取送，感愧感愧！相、棁不練事，每蒙教詔誘掖之，爲賜厚矣。愚溪之約，非所敢望，但佩服不忘之意有如前。所惠紙，更得百幅，幸甚。秋高氣清，想時有嘉集，夢寐奉對也。願加重，以須陞擢。

24 又

辱書賜勤重，審聞動静之詳爲慰。賤累久寓貴部，蒙調護之賜深矣，又兒姪每得聞長者之言。伯氏遠來，亦蒙借之羽翼，此非一二可道也。豈弟之政，又律之以公清之威，民所信伏，想邑庭常虚閑也。阮君學舍計亦成倫緒，但憂其不嚴，則諸兒獲益不多耳。前乞紙，謾爾及之，不固求也。伯氏至止，所謂「蓬藋柱宇，猩鼯同徑」，而兄弟親戚，謦欬其側者也。唯承教之日未卜，臨書懷仰，千萬珍重。

25 又

前蒙惠書勤懇，并寄佳紙，敬佩不忘之意。紙，兒輩緘藏不謹，道中爲雨所敗，然此紙品高，雨點斑斑，更益其古氣，未嘗妄用也。骨肉久寓貴部，陰被忠厚之蔭多矣，未知所以爲報也。會合之期渺然，臨書增情，千萬珍重。

26 答佛海瑞公

將家觸熱到圓通，始知東林已有主人。方欲作牋問如何，遽承修敬，何慰如之！來早過山門，冀幸瞻對，所將人從多，不欲久留，飯罷即過湓浦也。謹勒手狀。

27 答棲賢和尚

辱手誨，存問勤懇，并損惠伊蒲珍饌。雖荷眷與之意，然俗人虛受信施，但增愧爾。山寒，伏惟道周輕安，千萬珍重。謹奉狀。

28 答法鏡僊老

雅聞公才器超卓，求之士大夫中，未易得之，獨恨未相識耳。去春在雲巖，已治萍鄉之行，自朝至夕，賓客衮衮，雖承惠教勤重，不能作答。既行，以道路未有暖穩之地，以至今耳。所以不果通書之意，想照悉有餘矣。專人辱書，勤懇千萬，乃知水邊林下，風期不隔，固不以俗人相望也。尚阻瞻承，臨書傾倒，千萬珍重。

29 答長沙崇寧平老

貴院既作萬壽，崇寧諸事一新，亦不許闒茸輩安下。道衆雍肅，浄人如雲，想何子玉、秦處度時來破妙鉢耳。汝用既罷長沙，聞作運勾，是否？開福、北禪、龍興、東明、道林、嶽麓、鹿苑，相見皆爲致千萬意。化主須到砂監款曲，方士人作書津挽去。不肖昨到宜州，以道中冒熱飲冷，病滯二三下行，既又作暴下，亦半日餘，方少安，今幸復完矣。骨肉寓永州，亦時得書，承見問，故一二具之。

30 又

昨日如化主遣莊夫回，奉書當已徹几格。即日秋候微涼，想日用輕安，道衆雍肅，堂頭賓客不至喧閧否？家兄約八月間自長沙至零陵，度今已到，相見否？何子玉來，碾建溪妙胯乎？秦處度遂不成，歸淮南，得安居否？院中嚴奉新恩，更有所興作否？如于此時想見化道頗行也〔一〕。未卜瞻對，千萬珍重。八月十六日，庭堅拜手崇寧長老平公几前〔二〕。

〔一〕如于此時：原作「如有此時」，據《寶真齋法書贊》卷一四改。「如」即上文「如化主」。

〔二〕「八月」以下，原無，據《寶真齋法書贊》補。

宋黄文節公全集·續集卷第十

詩

1 即來

先去豈長别，後來非久親。新墳將舊冢，相次似魚鱗。茂陵誰辨漢，驪山詎識秦。千里與昨日，一種併成塵。定知今世士，還是昔時人。惡用取他骨〔一〕，復持埋我身。〔二〕

〔一〕惡：《山谷别集詩注》作「烏」。

〔二〕原注：「元豐四年公在太和，有《答何君表感古冢》詩一首，超然物外，爲此詩下一轉語。其詩曰（略）。登《外集》卷十六。」

2 送人赴舉

青衫烏帽蘆花鞭〔一〕，送君歸去明主前〔二〕。若問舊時黄庭堅，謫在人間今八年〔三〕。

〔二〕原無此句，據宋吴垧《五總志》補。然按史季温《山谷别集詩注》云：「詩最多體制，每句自三字抵於七字，每章自兩韻極於百韻，未可概舉。近世詩格必欲合聯以成章，三句者蓋亦罕見。周詩則亦有之，《麟趾》《甘棠》等篇是也。山谷此詩蓋近例而援古法。」是史季温所見只三句。

〔三〕歸去明主：《五總志》作「直至明君」。光緒本原校：「明主，一作玉帝。」。

〔三〕今八：《五總志》作「十二」。《别集詩注》：「《西清詩話》云：魯直少警悟，八歲能作詩，送人赴舉，此已非髫穉語矣。」

3　送莫郎中致仕歸湖州　并引

世傳霅上多高士，今莫公其人哉？公爲刑部郎中，一旦浩然思歸，遂奏乞謝事。朝廷深惜其人材，重違其高致，即以本曹郎致仕，考之近歲，未有此例也。是時公方中年，擺落顯仕如遺芥，考之近歲，未見其人也。凡朝廷之士大夫，至于府史閭巷之人，莫不咨嗟歎息曰：「賢乎哉，莫公！」然予嘗觀之，士風之零替，未有如今日之甚也。非特士風之尤，乃法令致使然爾。異日三丞致仕，得官一子，今則不得也，至朝奉郎乃得之；及朝奉郎年及格不得也，不躬受不得也。至則有耄老而不去，既去而復來，自列其年，歸過乃父。疾亟方請，命至已亡，哭扶尸以給將命。使者不授，牒訟紛紛，逾時不決。古人以致仕爲榮，交親畢賀；今人以致仕爲病，子弟交諱。嗚呼，天下士風一至于此！由是觀之，莫公其賢者乎！天下之人聞其風者，可以興起矣。

余雖於公不深，獨喜而樂道之。

霅上多高士，君今又乞身。中年謝事客，白日上昇人。靜泛苕溪月，閒嘗顧渚春。滔滔夜行者，能不愧清塵？

4 雜吟

城中蛾眉女，珂佩響珊珊。鸚鵡花間弄，琵琶月下彈。長歌三日繞，短舞萬人看。未必長如此，芙蓉不耐寒〔一〕。

〔一〕原注：「以上載北平翁刻。」

5 送四十九侄

有侄財相見，何堪舉別觴。共期同奮發，更勉致軒昂。接物宜從厚，修身貴有常。翁翁尤念汝，早去到親旁〔一〕。

〔一〕原注：「有石刻。」

6 贈答晁次膺

次膺豪健如霜鶻，空拳誤掛田犬牙。果輸司空城旦作，付與步兵厨人家。野馬横郊作凝水，牽牛引竹上寒花。無酒醉公不甚惜，誦公五字使人嗟。

7 和東坡送仲天貺王元直六言韻五首〔一〕

仲子霣霜殺草，風流無地寄言。王君攀鱗附翼，禮義端能不騫。

其二

不怨子堂堂去，蓋念君得得來。家藏會稽妙墨，晚歲喜識方回〔二〕。

其三

兩公六字語妙，獨我一雙眼明。書似出林鳥翼〔三〕，詩如落澗泉聲。

其四

老憶夷門老將，當年許我忘年。博學似劉子政，清詩如孟浩然。

其五

天子文明濬哲，今年不次用人。九原埋此佳士，百草無情自春。

〔一〕五首：原無，據《別集詩注》補。《別集詩注》云：「山谷自序云：『王元直惠示東坡先生與景文老將唱和六言十篇，感今懷昔，似聞東坡已渡瘴海來歸，而景文墓木已拱，仲天貺之壟亦有宿草。猶喜元直尚健，能道錢塘舊事，故追韻作此五篇。只今眼前無景文輩人，故詩語及之尤多。』此詩山谷留青神時所作，墨蹟今藏秘撰楊公家。按坡詩序云：『仲天貺、王元直自眉山來見予錢塘，留半歲。既行，作絶句五首送之。』詩見《前集》。劉景文和東坡詩，序云：『季孫惶恐。伏蒙判府内翰寵示，送仲天貺、王元直詩五首，仰同嚴韻，不勝狂妄之罪。』『誰懷二子千里，公賦五篇六言。月底飛雲西去，山頭歸雁雙騫。』『小艇辭公晚發，高齋記客初來。耿耿不忘歸路，阻修萬折千回。』『府下莫非群雋，坐中不見三明。遠意關河馬首，静吟筆硯泉聲。』『雖到蜀都有日，卻逢謝傅何年。歷歷林溪勝處，想君把酒依然。』『樂事無如飲酒，休官自是高人。紅帶遨頭寄與，是翁矍鑠尋春。』『紅帶』謂王慶源老人也，因附於此。」

〔二〕《別集詩注》載山谷自注云：「郗方回，王右軍妻弟。」

〔三〕書似：《別集詩注》作「筆似」。

8 牧童〔一〕

騎牛遠遠過前村，吹笛風斜隔壠聞。多少長安名利客，機關用盡不如君。

〔一〕《別集詩注》：「《西清詩話》云：世傳山谷七歲作。」

9 謝五開府番羅襖〔一〕

疊送香羅淺色衣，著來春色入書帷。到家慈母驚相問，爲説王孫脱贈時。

〔一〕《別集詩注》：「熙寧中，山谷爲宫教。五開府者，酒餘脱淺色番羅襖衣之，山谷醉中作此。」

10 壓沙寺梨花〔一〕

壓沙寺後千株雪，長樂坊前十里香。寄語春風莫吹盡，夜深留與雪争光。

〔一〕《別集詩注》：「趙舜欽《茅齋詩話》云：大名壓沙寺梨花之盛聞於天下，魯直爲國子監教授日，曾有詩一絶。《外集》十二卷又有《次韻晉之五丈賞壓沙寺梨花》一首，《年譜》係元豐戊午歲。」

11 題太和南塔寺壁

熏鑪茶鼎暫來同，寒日鵶啼柿葉風。萬事盡還杯酒裏，百年俱在大槐中。

12 和蒲泰亨四首 并序〔一〕

伏承泰亨先輩和示東坡之友劉景文同不肖宿城西郭氏園七言小詩，且推不肖當

與嶺南數公同時鵬騫鳳舉，非所擬倫。輒用元韻上答，并敘東坡伯仲方來之意。〔二〕

我已人間無所用，鬢飄霜雪眼生花。東坡兄弟來雖晚，折箭堪除蝕月蛙。

其二

東坡海上無消息，想見驚帆出浪花。三十年來世三變，幾人能不變鶉蛙。

其三

玉座天開旋北斗，清班鳥散落餘花。有人難立百官上，不爲廟中羔兔蛙。

其四

栽竹養松人去盡，空聞道士種桃花。昨來一夜驚風雨，滿地殘紅噪暮蛙。

〔一〕四首：原無，據《別集詩注》補。并序：原無，徑補。《別集詩注》云：「泰亨，青神人。元符庚辰徽宗即位，山谷自戎州放還，省其姑張祉介卿之母於青神，是詩此時所和。墨蹟今藏於秘撰楊公家。」

〔二〕此小序原脱，據《外集詩注》卷一四《同劉景文遊郭氏西園并留宿》史容注引補。

13 奉謝泰亨送酒

風掃三峨山外雨，霜摧五柳宅邊花。非君送酒添秋睡，可耐東池到曉蛙〔一〕。

〔二〕原注：「以上載北平翁刻。」按《别集詩注》卷下亦有此首。

14 梨花詩 并序〔一〕

孫莘老以梨花倡和詩寄予索和。夫詩生於情，不情而何以詩？余自黔還戎日多苦思，情由何生？雖然，撫景傷時，不能已也，遂步韻。

淡籠春韻向晴階，疑是羅浮月里栽。幽意不傳花信去，雪香深鎖得君開。

其二

曉風冉冉曲欄遲，露落妝鈿懶玉姿。莫是夜來香夢杳，難禁深院語鶯時。

其三

梁園雪盡已無餘，月鎖瑶枝冷自如。妒殺雙雙白燕子，故將春事往來輸。

其四

玉娥翻影拂虚窗，逗得輕風小扇香。春去似憐人寂寞，卻傳清韻到西堂。

其五

芳尊幽賞客來宜，句落花前雪羽移。千載清貧詞調絶，不須蝴蝶拍南枝。

其六

梁緒那誇興不常，漫攜春酒洗明妝。芳魂未逐東風怨，遮莫游蜂度短牆。

其七

月捲簾鈎冷素裳，一庭清影漫銀塘。當年白苧歌銷歇，記剪春衫遠寄將。

其八

春老飄殘陌上花，重門深掩惜芳芽。關心怕是三更雨，點點愁聲到館娃。

其九

鐙落黄昏怯碧紗，子規聲斷月初華。燕山此際無殘雪，韻落溶溶夢裏家。

其十

金谷園中無數紅，迎風承露盡爲容。一番歷亂芳菲歇，獨有天花澹院東。

〔一〕按，據以下序文，此篇及下篇乃黄庭堅與孫覺（華老）唱和之詩。然孫覺卒於哲宗元祐五年（公元一〇九〇年），而庭堅自黔州遷戎州在元符元年（一〇九八），則此十三首詩當爲庭堅作。

15 又次韻三首

一夜春香散雪花，千枝銀甲盡抽芽。步摇飛燕拖瓊佩，嫋娜西施出館娃。

其二

東風百卉盡争花，爲紫爲紅總麗華。一種含情脂粉盡，春宵月滿阿誰家。

其三

桃花人面各相紅，不及天然玉作容。總向風塵塵莫染，輕輕籠月倚牆東。

16 偶成〔一〕

花氣薰人足破禪，心情其實過中年。春來詩思何所似，八節灘頭上水船〔二〕。

〔一〕黄䍐《山谷年譜》卷二二載，庭堅曾書此詩，云：「王晉卿數送詩來索和，老嬾不喜作。此曹狡猾，又頻送花來促詩，戲答。」

〔二〕原注：「右有石刻。」

書簡

17 與人

承惠糟薑〔一〕、銀杏，極感遠意。雍酥二斤，青州棗一蔀，漫將懷向之勤，輕瀆，不罪。

〔一〕薑：原作「堇」，據《宋四家墨寶》改。

18 又

惟清道人本貴部人，其操行智識，今江西叢林中未見其匹亞。昨以天覺堅欲以觀音召之，難爲不知者道，因勸渠自往見天覺，果已得免。天覺留渠府中過夏，想秋初即歸，過邑可邀與款曲，其人甚可愛敬也。或聞清欲於舊山高居築菴獨住，不知果然否？得渠書，頗説後來草堂少淹留也〔一〕。

〔一〕草堂：原作「學堂」，據《法書大觀》改。

19 又

承去冬已畢大事，無怨無悔，何慰如之？不朽之計，屬之不肖，從來荷相知甚深，遂接婚姻，豈敢以不能爲辭？但擾擾，未能措意文字。差遣稍定疊，即便爲之，萍鄉家兄數書丁寧也。姪女子得以箕帚承朝夕之事，竊聞家母慈仁，待之不異諸女，感刻感刻！庭堅自失知命弟及平陰王氏妹，須髮盡白。到荆州來拊其喪，心欲折矣。知命所攜數百千，皆爲天民弟妄費之矣。六月初，失知命之第四子牛兒，此子精慧異於常兒，竊以爲門户所寄，不幸失之，至今不能去懷。知命之幼子同惜今又疾作，不保旦莫，意緒可知也。祭文不成言語，蓋目前百事不可意，勉强爲之耳。

20 又

眉州攝判官王申師者，在黔州舊識之，有吏能廉節。其持親喪，齊衰三年，疎布飦粥，未嘗以素冠墨衰出門，今之曾、閔也。嘉州趙肯堂，頃過施州清江而識之，學問之士，而不懈爲吏。及問里人，本客寄孤立，而能自奮，仰禄以事其父母。而解官二年，未蒙諸公除用也。二士輒以獻諸左右，少補聰明之萬一。

21 與希召都監左藏書〔一〕

刻絲紗一疋〔二〕，漫以餞行，輕尠，甚愧。又二墨送換得，貴其長大學文也。如來日不早解纜，即走奉别。不須具飯，卻欲到惠林飯也。庭堅頓首上希召都監左藏仁執〔三〕。

〔一〕原題作《與王立之書》，據《三希堂法帖》第十三册所摹刻原帖改。

〔二〕「刻絲」上原有「立之承奉足下」，據《三希堂法帖》删。

〔三〕「庭堅頓首」以下原無，據《三希堂法帖》補。

22 與公藴知縣宣德書〔一〕

道塗疲曳，不得附承動静，遂六十許日，處處阻雨雪，今乃至荆州爾。春氣暄暖，即日不審體力何如？王事不至勞勤，頗得與僚友共文字之樂否？所差人極濟行李，道上殊得力。荆州上峽乘舟，不大費而差安便，遂不須人，故遣回。明日登舟即行，方此阻遠，臨書增情，千萬爲道自重。謹勒手狀。三月四日，庭堅再拜上公藴知縣宣德執事〔二〕。

〔一〕原題作《與希召都監左藏書》，據《三希堂法帖》第十三册改。

〔三〕「三月四日」以下原無，據《三希堂法帖》及《山谷簡尺》補。

23　又

公蘊知縣宣德執事：當陽張中叔去年臘月寄山預來，留荆南久之。四月余乃到沙頭，取視之，萌芽森然有盈尺者，意皆可棄。小兒輩請試煮食之，乃大好，蓋與發芽小豆同法，物理不可盡如此。今之論人材者，用其所知而輕棄人，可勝歎哉！

24　報雲夫七弟書

雲夫七弟：得書，知侍奉廿五叔母縣君萬福，開慰無量。諸兄弟中有肯爲衆竭力治田園者乎？鰥居亦何能久堪，復議昏對否？寄示兄弟名字曲折，合族圖，幾爲完書矣。但欲爲其中有才行者立小傳，尚未就耳。龐老《傷寒論》無日不在几案間，亦時時擇默識者傳本與之。此奇書也，頗校正其差誤矣，但未下筆作序。序成，先送成都開大字板也，後信可寄矣。蘄州藏記亦不忘，但老來極懶，故稽緩如此耳。壽安姑、東卿一月中俱不起，聞之悲塞。二子雖有水磑爲生資，子顧弟亦能周旋之乎？窀穸之事，計子顧必能盡力矣。叔母不甚覺老否？徐氏妹孀居，如何調護令不爽邪？無期相見，千萬爲親自愛。十月十日，兄庭堅報雲夫七弟〔一〕。

〔一〕「十月」以下原無，據《三希堂法帖》第十三册補。

25 謫赴黔州時家書

天民、知命、大主簿：霜寒，想八嫂安裕，九孀、四孀、大新婦、普姐、師哥、四娘、五娘、六郎、四十、明兒、九娘、十娘、張九、咩兒、韓十、小韓、曾兒、湖兒、井兒各安樂。過江來，甚思汝等，寂寞且耐煩。不須憂路上，路上甚安穩，但所經州郡多故舊，須爲酒食留連爾。家中上下，凡事切宜和順。三人輪管家事，勿廢規矩。三學生不要令推病在家〔一〕，依時節送飯，及取歸書院常整齪文字〔二〕，勿借出也。知命且掉下潑藥草，讀書看經，求清静之樂爲上。大主簿讀《漢書》必有功矣。十月十四日押報諸孀子以下〔三〕，各小心照管孩兒門，莫作炒，切切！

〔一〕令：原作「合」，據《三希堂法帖》第十三册改。

〔二〕齪：原無，據《三希堂法帖》補。

〔三〕押：原作「立」，據《三希堂法帖》改。字似「立」，實爲花押。

記

26 清隱院順濟龍王廟記

諸行無常，一切皆苦；諸法無我，寂滅爲樂。無上兩足尊，初説修姤路〔一〕；爲海居種性，開此甘露門〔二〕。娑竭以無耳聞經，無垢以非男成佛。維順濟王，承佛記莂。有大福田，爲世津梁，得自在力。當時十處十會皆聽圓音，今日三江五湖不忘外護。所以作南山之檀越，應清隱之鑪香，以佛事作神通，化血食爲浄供。雖然，太陽門下〔三〕，一切徧周；普光法堂，當仁分坐〔四〕。不妨於法界海，見作魚龍；入觀音門，能施無畏。鐘魚鼓板，釋迦苦口丁寧；雷雨風濤，順濟家常相助。因行不妨掉臂南山，飯在往來船。非唯曲爲今時，亦與後人作古。記歲癸亥，號元豐，月黄鐘，日己巳，雙井黄庭堅撰并書〔五〕。

〔一〕修姤路：原作「入姤路」，據四部叢刊本《豫章黄先生文集》卷一改。
〔二〕開：原作「間」，據《豫章黄先生文集》改。
〔三〕太陽：《豫章黄先生文集》作「天陽」。

〔四〕坐：原作「上」，據《豫章黄先生文集》改。

〔五〕「歲癸亥」以下原無，據雍正《江西通志》卷一六二補。

説

27 蓄貍説

敬亭叟家毒於鼠暴，穿埇穴墉，室無全宇；咋嚙篚筐，帑無完物。及賂於捕野者，俾求貍之子，必鋭於家蓄，數日而獲諸汴。逾得駿飾以棲，給鱗以茹之，撫育之厚，如子諸子。其攫生搏飛，舉無不捷。鼠懾而殄影，暴腥露羶，縱横莫犯矣。然其野心常思逸於外，罔以育爲懷。一旦怠其紲，逾垣越宇，倏不知所逝。叟惋且惜，涉旬不弭。弘農子聞之曰：野性匪馴，育而靡恩，非獨貍然，人亦有旃。梁武於侯景，寵非不深矣；劉琨於疋磾〔一〕，情非不至矣，既負其誠，復反厥噬。嗚呼！非所蓄而蓄，孰有不叛哉！〔二〕

〔一〕磾：原作「殫」，據《晉書》卷六三《段匹磾傳》改。

〔二〕文末原注：「以上均有石刻。」

「得之不得天魔得，玄之又玄外道玄。抛卻邪娘初草裏，認他黄葉作金錢。萬仞峰前快撒手，更休以後復之前。」此書如鳥驚霜弓，地避人蹟。

28 雜説〔一〕

煮黑荳法：雄荳一升，挼莎極浄，用貫衆一斤，細挫如投子，同荳斟酌水多少，慢火煮。荳香熟，日乾之，翻覆令展盡餘汁，簸取黑荳，去貫衆不用。空心日啗五七粒，食百草木枝葉，皆有味，可飽也。世間不强學力行自致於古人者，不可不蓄此方。

餘甘乃有一種大者如李，其質味甘脆異常，見者絶不類，恨今歲亦歉跂，所得絶少。或云深巒中有之，冬至後乃來。常恨餘甘入口苦澀難堪，久之乃得味，遠不及橄欖。若此一種者，乃勝橄欖矣。《西域傳》云：「餘甘二種，大者生青熟黄，小者終始青色。」蓋信然矣。

蓄餘甘法：可用乾竹筒，曬乾黄土，餘甘略暴，令無濕氣，大概十分黄土居六分可也。

暴餘甘，曬黄土，皆須冷，乃入筒。亦戒道中縣掛風涼處，勿令中濕。餘甘得黄土，行千里不皺也。

〔二〕按以下四則分别見于《山谷簡尺》卷上《與茂衡通判簡》、卷下《答敦禮祕校簡》、卷上《與王補之安撫簡》、卷下《答人簡》，今仍存之。